나의
아름다운 삶

나의
아름다운 삶

북치는마을

머리글

칠순을 먹다보니 메모를 해 놓고도 깜박깜박 잊는 날이 많아졌다. 세월이 무상함을 실감한다. 결혼해서 가끔 일기 쓰는 날이 있었다.

잊어서는 안 될 소중한 그날의 모습들……. 사 남매 낳아 기르며 두 어머님 모시고 억척같이 앞만 보며 살아왔다. 여유 돈이 없어 간식 하나 안사먹이면서 아프지만 말아다오, 사남매 아이들은 병원 한두 번 다닌 적 없이 건강히 잘 자랐다.

이제 생각하니 시어머님도 성품이 너그러운 좋으신 분이라고 친구들 앞에 자랑하곤 했다. 며느리 삶을 단 한 번 간섭 않고 지켜보기만 했으니깐 나도 며느리 삶에 시어머님처럼 너그럽게 보아 넘겨야 할텐데.

사 남매 대학 다 들어간 다음 아이들에게 더 해줄 일이 없어졌다. 50대 이후 나는 신앙생활을 열심히 했고 주위에 계신 불쌍하고 외롭게 살아가는 독거노인들을 많이 만나게 되었다. 그리고 한국 어린이 복지 재단에 찾아가 자원봉사로 신청해 봉사를 시작했다. 한 마디 잔소리 않고 묵묵히 지켜보아 주는 남편과 자식들이 고마웠다. 종교의 진리는 사랑의 메시지다. 사랑이란 글자는 고향같이 아름답다. 어려운 이웃도 나의 식구로 생각하면 더불어 살아가는 모습도 아름다워졌다.

살면서 그날 잊지 못할 일들을 한 장 한 장 적다보니 어느 날 큰 아들이 우연하게 나의 일기장을 보았다. 봉사일지를 보다가 그 옆에 '어머니 살아가는 모습이 아름답습니다. 사랑합니다. 그대로 일기 써 나가십시오.' 나는 아들이 몇 자 적어놓은 격려의 말을 읽고 기쁘고 행복했다. 대학생 아들이 방학 때 내려와 적어놓은 말에 감동을 받고 더 열심히 대가족을 뒷바라지 하며 봉사활동도 힘을 내어 할 수 있었다. 세월의 깊이를 채우다 보니 한 점 두 점 봉사일기도 늘어났다.

2013년 설날 식구들 모두 모인 자리 두 사위, 손자, 열여덟 식구 앞에서 남편의 말씀 "어머니가 올 해 칠순이니 이렇게 살아 왔다. 일기 쓴 것을 칠순 기념으로 책 내었으면 어떠냐?" 모두 "좋습니다" 라고 대답했다.

국문학을 전공한 큰며느리는 원고 정리를 맡았다. 몇 십 년 동안 써온 글을 모으니 꽤 되었다. 다섯 살부터 생각나는 추억을 연상시켜 써온 글을 모으니 칠십 나이까지 살아온 나의 일생 일지라 하고 싶다. 서투른 문장 정리하느라 큰며느리 수고 많았다. 초등 4학년 혜민 손녀도 고사리 같은 작은 손으로 타이핑을 쳐줘 고맙다. 여덟 우리 손녀 손자들 사랑해.

2015년, 제주를 찾는 새봄을 기다리며

차례

두번째 이야기 ---- 93

식구들 모두 사랑한다

세번째 이야기 197

기도, 신앙, 봉사의 나날들

첫번째 이야기

나 자신을 돌아보며

나의 고향 어린 시절, 어머님생각 · 가난했던 초등학교 시절 · 결혼이야기 · 매 · 구공탄 연탄불 · 엄마의 외로운 밤 · 사진 속의 추억들 · 작은 앞마당 · 추억이 있는 집들 – 일곱 번째 마음에 든다. · 의남매 동생이 사돈이 되다 · 친목 모임은 수다 떠는 날 · 고씨 며느리 모임과 헤어짐 · 이름을 불러주는 괸당님 · 말한마디 없이 가버린 동생 · 잊지못할 꿈 속 이야기 · 나 자신을 돌아보며 · 꽃과 같은 아름다운 삶 · 바쁘게 살아온 나날들, 보람으로 행복하다 · 6인실 간병사의 하루

나의 고향 어린 시절, 어머님생각

나의 본적은 제주시 삼양삼동. 1944년 8월 15일 해방 1년 전 태어났다. 부모님은 평안강씨집안의 딸 강이순과 경주이씨집안의 아들 이소문. 한 동네서 자라 중매로 결혼하셨다고 한다. 아버지는 단 하루도 같이 살아 보았다는 기억이 안 난다. 다만 4·3을 피해 내 나이 4세 무렵 일본에 가버렸다고 들었다. 여동생은 어머니 뱃속에 있을 때이니 우리 두 형제에게 아버지란 그림의 떡과 같아 아버지는 어떤 얼굴인가 상상하며 자랐다. 다섯 살 때부터는 하나 둘 기억이 나는데 폭도들이 마을을 습격해오는 4·3을 맞게 되어 일주일에 한두 번은 밤중에 숨으러 다녔다.

나의 유년 시절 고향은 바다가 눈앞에 펼쳐졌고 검은 모래찜질로

유명한 해수욕장이 있다. 동네 개울가 옆 도랑에는 둠벙이물 냇가가 있어 그곳에서 발가벗고 남녀노소 물장구치고 수영을 배우며 놀았다. 내 나이 다섯 살 때 어머님은 아기를 낳으니 아버지가 옆에 없이 여동생을 보았고 나는 동생을 아주 귀여워했던 생각이 든다. 자라면서 어머님은 품팔이, 남의 밭농사 일을 하러나가고 나는 어린 동생을 데리고 놀았다. 언젠가 동생과 들에서 뛰놀며 산딸기를 따 먹으려고 높은 밭담을 오르다 큰 바위돌이 굴러 동생다리가 움펵 파이게 다쳤다. 그 해 여름 동생은 아파서 고통스러워했고 어머님이 자주 치료해주는 것을 보았다. 그때 흉터가 몇 십 년이 지나도 지워지지 않아 그 상처를 볼 때마다 나는 그 시절을 생각하곤 한다.

밭이 한 평도 없는 가난한 우리 집. 아버지 없는 두 딸 먹을 끼니를 굶기지 않으려고 어머님은 양태를 짜 팔아 쌀을 사고 생계를 꾸려나갔다. 나 어릴 때 그 시절 어머님의 솜씨와 재능은 대단했다. 지금 생각하니 어머님은 장하다. 왜냐하면 대나무쪽 50cm쯤 길이를 자르고 무릎위에 가죽골무 넓게 펴서 칼로 대나무속을 수십 번 벗겨 내다보면 몇 십번을 벗겨냈을까. 머리털같이 가는 대나무실을 뽑아내어 둥글고 널따란 양태판이란 목판위에 머리 둘레를 둥글게 만들어 대나무실로 한 올 한 올 양태를 엮어 짠다. 어머님이 아침에 양태판에 앉으면 저녁 늦도록 짜야 우리 세 식구 생계가 겨우 해결되는 것 같았다.

어머님은 내가 초등학교 6학년이 되었을 때 어떻게 하든 중학교에 딸을 입학시키려고 애를 쓰셨다. 그 시절 우리 동네 아이들 같은 반 남·여 친구들 십여 명 중에 집도 있고 밭도 있고 양부모가 있는 친구들도 중학교에 갈 엄두가 안 될 때다. 하루하루 의식주 해결이 어려울 때여서 초등학교만 나와도 감지덕지로 여길 때다. 그 험난한 하루를 보낼 때 나의 어머님은 나를 성 안에 있는 신성여중에 입학시켜주었고 동네서 친구들의 부러움을 받는 선망의 대상이 되었다. '두 딸을 웃 학교 계속 시키려면 시에 가 길거리 야채장사라도 해야 되겠다.' 결론 끝에 사촌이모 연줄로 동문통에 방을 빌고 성안에 살게 되었다.

얼마동안 장사를 하다 어머니는 일본에 계신 아버지에게 밀항해 가서 돈을 벌고 오면 딸 둘을 웃 학교 계속 시킬수 있을 것이란 계획으로 시골에 계신 할머니 할아버지 집에 잠시 살고 있으라며 우리를 맡겨놓고 떠나갔다. 기구한 운명. 어머니는 밀항선을 타고 가다 대마도 앞바다에서 일본 경비정에 들켜 2년쯤 형무소생활 끝에 돌아왔다. 그 사이 우리 형제의 고생은 더한층. 그래도 할머님의 따뜻한 사랑으로 새벽에 밥을 해서 먹으라 깨워주고 6킬로 걸어서 학교를 다녔다. 그때는 시내버스가 없을 때다. 그때 나는 저녁에 손주먹만한 사기 각지병 불에서 공부를 했다. 할머님은 각지불이지만

석유가 빨리 떨어지니 공부 조금만 하라 해서 할아버지 할머니 화장실 갈려고 방문을 여는 순간 입으로 불어서 각지불을 끄곤 했다. 할머니는 음식을 적게 먹으면 배고픔이 더한다 해서 배부르게 먹으라 하셨고 설이 돌아오면 아이보리색 명주저고리에 검은 천으로 통치마를 손수 만들어 우리 형제를 입혔다. 할머니 돌아가신지 오래됐지만 지금도 오 십 년 전 그때의 추억을 생각하면 할머님은 동네서 바느질 솜씨가 최고여서 동네장사만 나면 수의를 도맡아 하시는 모습을 자주 보았다. 자상한 할머님의 마음을 잊지 않고 할머니 할아버지 제사에는 내 남편과 같이 참여하여 절을 하면서 마음속으로 '그때 그 시절 고맙습니다.' 하며 되새겨본다.

어머니는 형을 다 살고 돌아와 동문시장에서 장사를 계속 하셨고 차츰 생활이 나아져 자그마한 집도 마련해서 행복하게 살았다.

어머니는 마음씨 좋은 큰사위를 맞았고 나는 첫집을 마련해 친정어머니를 한집에 모시고 살았다. 어머니는 외손자들이 자라나는 모습을 보며 시장 장사도 계속하셨다.

그런데 작은사위 동생 남편, 사업하는 사위를 맞이하면서 어머님의 마음 고생이 시작됐다. 동생 남편의 부도로 동생 부부는 한마디 말도 없이 떠나가 아예 사라져버린 지 몇 년, 어머님은 심경에 변화로 가슴에는 화병이 되어 몇 번 뇌경색으로 쓰러져 병원생활을

많이 했다. 뇌혈관 치매가 시작되면서 길가다가 넘어져서 엉치 고관절이 부러졌다. 두 번 수술 후 아예 일어서 걷지 못하고 팔순을 고비로 자리에 누워 하루하루를 보내게 되었다. 내년이면 90세, 정신은 화병이 치매로 변하고 친정어머님의 말년은 너무 고생하는 몸이 되었다. 혼자인 나는 어머님의 병원간병 몇 개월 집에서 간병하다 너무 지쳐 요양원에 입소해 살게 해드렸다. 집에서는 늘 외로워했는데 같은 방에 할머님들이 있어 말소리도 나누고 봉사자들이 자식 이상으로 환자들을 잘해드리고 있어 마음으로 감사함을 느끼면서도 나는 죄인의 마음으로 살아가는 것 같아 서글퍼지는 날이 있다. 일평생 고생만 하셨던 나의 어머님, 남은 인생 누구 못지않게 잘해드리려고 생각했는데…….

큰사위 나의 남편은 한없이 고맙다. 아들 못지않게 친정아버지 제사도 모셔 지내주고 나와 늘 동행하여 어머님 방문을 빼놓지 않고 갈 때마다 시설에 있는 모든 할머니 할아버지 100여명 간식거리를 준비하고 찾아가 대화를 나누고 온다. 그럴 때마다 남편이 한없이 고맙다.

2008년 9월 1일

가난했던 초등학교시절

내 나이 65세, 다섯 손자 재롱떠는 모습을 보면 현재는 먹을 것, 입을 것 모자람 없이 영양이 너무 넘치는 세상이 되었구나! 느껴진다. 그러나 나의 어린 시절 4~5세 때의 떨쳐버릴 수 없는, 피비린내 나는 4·3의 경험은 잊어버릴 수 없다.

다섯 살 때 일이다. 어느 날 야심한 시각 "애야, 깨어나야 한다." 어머님의 소곤대는 작은 목소리.

동생은 한 살이었다. 폭도들이 와서 학교동네 (지금의 삼양초등학교 주변동네)의 집들이 불타고 있었다. '어서 빨리 일어나라' 재촉하며 길 건너 외할머니 집 뒤뜰에 있는 큰 배나무 속으로 숨으러 다닌 지 여러 번이었다.

여덟 살 때 삼양초등학교에 다녔는데 학교 갔다 오는 길옆을 보면 대나무를 삼각 칼 모양으로 깎은 대창이란 것이 높은 성 밑에 길가마다 1미터 넓이로 꽂혀 있었다. 그것은 어두운 밤 폭도들이 마을 습격 올 때 발이 창에 찔리도록 하는 마을을 지키는 방패였다.

그 시절 보릿고개가 있어 하루 세끼는 못 먹고 자랐다. 요즘에는 꿀꿀 돼지도 안 먹는 밀채밥을 먹었다. 밀을 도정해서 나온 찌꺼기 껍질이 바로 밀채다. 아침에는 밀채밥을 먹고 학교 갔다 오면 점심은 거르고 아예 안 먹는다. 저녁에는 바다 옆에 살아서 어머님이 너패라는 검정색깔나는 해초에 모인좁쌀(진기가 없는 노란좁쌀)이 눈에 한 방울, 한 방울 보일 정도로 섞어 굶주린 배를 달래며 살았다. 어느 때는 학교에서 우유가루를 끓여 나눠 주어 점심을 때우며 보냈다. 특히 우리 집은 아버지가 4·3을 피해 일본에 갔기 때문에 밭이 없고 그나마 밭이 있는 집도 그때는 양질의 비료가 없어 제 식구 먹을 농사도 안 되서 보릿고개를 매년 겪었다.

지금 생각하면 추운 때도 초가집 교실 바닥에는 흙 땅 위에 자갈을 깔고 앉아서 공부했다. 왜 자갈이냐고? 흙바닥은 엉덩이가 더러우니까. 우리 어린이들은 집에서 방석을 갖고 와서 앉았다.

한 줄은 남자, 한 줄은 여자. 남·여 오십여 명, 6년간 남녀공학 한 반 밖에 없었다.

지금은 할머니가 되고 할아버지가 된 동창들을 만나면 예도를 안 쓰고 반말하며 너무도 반갑게 악수를 한다.

오늘의 풍요로운 세상이 되기까지 옛날에 고생하셨던 조상님들, 우리시대 어르신들을 생각하며 가끔 자식들에게 즈냥 정신(근검·절약정신)을 일깨워주곤 한다.

2008년

결혼이야기

내 생애 행복한 시절을 꼽으라면 자유가 넘치던 결혼 전날까지 꽃다운 처녀 시절이라고 말하고 싶다.

지금은 친구들이 결혼해서 부산, 서울 등에 살고 있다. 나는 여러 친구들을 좋아했고 우리는 자주 만나 사라봉, 한라산, 바다로 낭만의 시간들을 즐기며 놀러 다녔다. 그러다 결혼 적령기가 되어가니 하나 둘 친구들은 좋은 짝을 찾아 나의 곁을 떠나고 23세 때 처음 청혼이 들어오기 시작했다.

어쩐 일인지 25세가 되어도 내 마음을 사로잡는 청년은 없었다. 나의 마음을 잡으려 여성 잡지를 매달 보내오고 나의 곁을 맴돌았던 남자들이 있었으나 나는 정을 못 붙이고 마음을 못 주었다.

지금 생각하면 그분들에게 미안하다는 생각이 든다. 나도 잘난 것은 하나도 없었는데 말이다. 그래도 그분들은 좋은 짝을 만나 결혼해서 다 육지에 나가 살고 있다는 말을 들었다.

26세, 아직은 쌀쌀하고 바람이 매섭던 3월 초 동생 친구의 학교에 선생님으로 근무하던 지금의 남편을 소개받았다. 40년 전에는 제주시에도 다방이 몇 군데 없을 때라 산지천으로 내려가는 칠성로 입구에 있는 다방에서 첫 만남이 있었는데 동생친구가 데리고 나온 선생님은 모두 3명이었다. 나는 속으로 의아한 생각이 들었지만 장군, 멍군 대화를 나누었다. 동생, 동생 친구, 나. 마주앉은 사람은 3대 3이니 위축되는 말은 없었다. 첫 만남은 그렇게 해서 6명이 헤어지고 집에 와 생각해 보니 역시 별다른 느낌이 있진 않았다.

하지만 나 역시 교육자 남편감을 마음 속으로 그려왔던 때라 그 남자에 대해서 좀 알아보았다. 그런데 좋은 사람이니 무조건 결혼하라는 조언들이 있었다.

일주일 후 두 번째 만남. 참 추운 날씨였지만 만남을 가졌다. 그 당시는 남자 나이 33세면 노총각이라 불릴 때이고 여자도 26세이면 노처녀라는 말이 나올 때였다.

두 번째 만나 결혼하자는 청혼을 승낙하고 1개월 만에 약혼식을 하고 그 해 10월 10일에 결혼했다.

중국은 쌍십절, 경축날이라 하면서 남편은 결혼기념일을 한 해도 잊지 않고 근사한 외식으로 챙겨주어 나를 즐겁게 해준다.

예식이 끝나자 식장에서 바로 서귀포에 있는 허니문 호텔로 신혼여행을 갔다. 그 당시엔 남편이 여자 중학교에 근무하고 있었다. 제자 10여 명이 식장에서 축가를 불러주고 나서 신혼여행지인 허니문 호텔까지 따라와서 밤늦게까지 같이 놀다 돌아갔다. 그 제자 중 도의원을 지낸 제자도 있다. 50대가 넘었어도 스승님이라고 지금도 찾아주는 제자가 있어 너무 고맙다.

한 때는 결혼을 안 해볼까 딴 쪽으로 마음을 먹은 때도 있었지만 지금은 결혼하길 잘했구나 생각이 든다. 나는 2남 2녀를 두었고 그 중 3남매는 짝을 만나 잘 살아가고 있고 손자들도 3남 3녀로 여섯 명이나 되는 열매를 맺어 설날이 되면 집안이 시끌벅적하다.

나와 남편은 행복을 느끼며 살고 있다.

2008년 6월

매

약간 늦게 만난 우리 부부는 결혼식을 올리고 나서 다음 달에 첫 애가 들어섰다. 첫째 아들 돌이 지나고 5개월 째 둘째 딸을 낳고 또 13개월 만에 셋째로 딸을 낳아 눈코 뜰 새 없이 살았다. 양쪽 손에 애기 손을 잡고 등에 셋째를 업고 동문시장에 장을 보러 다니곤 했다. 2, 3년 피임약을 먹고 터울을 갖고 또 넷째인 막내아들을 낳아 시집가서 몇 년은 등에 애기만 업고 살아온 것 같다. 그 와중에도 애들은 착하게 잘 커주었지만 셋방살이를 하는 형편이었다.

하루는 옆방의 사촌 아이들과 같이 놀면서 같은 또래인 큰아들과 언니의 딸이 다투며 싸우는 모습을 목격했다. 그 모습을 보게 된 나는 몹시 화가 나서 당시 다섯 살이던 큰아들을 혼내주려고

처음 회초리를 들었다. 종아리에 회초리 자국이 시퍼렇게 나도록 몇 대를 때렸다.

마음은 아팠지만 이런 게 부모로서의 역할이라 엄포를 주려고 했었던 것이었다. 그런데 그게 아니었다. 혼내고 나서 1시간이 흐른 뒤 화장실을 가보니 옛날 화장실 변기 속에 내가 들었던 회초리가 있었다. 나는 깜짝 놀랐다. 그 순간 회초리로 때리는 교육이 잘못된 것이란 생각에 반성하게 되었다.

그 일이 있은 후 나의 교육철학에 매라는 것은 두 번 다시 들지 않겠다고 다짐하게 되었다. 4남매를 키우며 형제끼리 다투었을 때 양 쪽의 말을 듣고 설명을 하는 방식으로 잘하고 못함을 본인이 판단하게 해서 사과하고 반성하는 모습으로 커가도록 노력했다.

그 뒤로 나의 아이들은 순하게 커주었고 형제간에나 친구들 사이에도 싸우는 모습을 본 적이 없다. 이제는 40대를 바라보는 아들, 딸들이 형제간의 의리를 지켜가며 재미있게 살아가는 모습이 부모로서는 매우 행복하다.

2008년

구공탄 연탄불

내가 어릴 때 자란 고향은 변두리였다. 우리나라에서 검은 모래 찜질로 유명한 삼양 검은 모래 해수욕장을 바라보면서 여름에는 바다에서 친구들과 헤엄을 배우고 미역을 따면서 자라난 곳이다. 그 때의 부엌문화는 아궁이에 불을 지펴 밥을 해 먹고 엄동설한 추운 겨울에는 땔감으로 구들 불을 지펴 주어야 온 식구가 따뜻한 방에서 잠을 잘 수 있었다. 밥을 해 먹는 땔감은 보리타작하고 나면 보리 짚으로 아궁이에 불을 때고 콩 타작 후에는 콩깍지로 불을 지폈다. 불을 지필 때면 따닥따닥 불꽃을 튕겨 내는 소리를 들으며 아궁이 앞에 앉은 모습이 떠오른다. 16세 이후 사촌이모가 시내 동문통에 살았었는데 어머니에게 시내로 와서 어떤 장사라도

시작하면 시골에 사는 것보다 나을 거라는 의논을 했던 것 같다.

어느날 어머니는 양태, 망건 짜던 일을 접어두고 딸 둘을 데리고 이모가 시키는 대로 시내에 방을 얻어 동문통 신산파출소가 있는 옆으로 이사를 와서 살게 되었다. 방은 냉방이고 부엌 아궁이에 불을 지펴 밥 해먹는 일은 시골 살림과 다를 바가 없었다. 몇 달쯤 지났을 때 연탄 화로 통으로 대체가 되어 아궁이에 불 때는 일은 끝이 났다.

그 때 저 세상에 갈 뻔 한 일이 생각난다. 한파가 몰아치던 겨울밤에 어머니는 냉방이라고 방의 열기를 훈훈하게 하기 위해서 밥 해먹는 연탄 화로를 아예 통째 방에 들여놓고 두 딸을 데리고 잠을 잤었다. 한밤중이었던 것으로 기억한다. 잠을 자던 중 귓속에서 윙윙 소리가 요란해 깨어보니 연탄가스 냄새로 방안에 독가스가 꽉 차 있었다. 엄마를 부르며 방 밖으로 나가 쓰러졌고, 동생도 마찬가지였다. 문 옆에서 주무시던 어머니의 정신은 괜찮으셨다. 어머니는 두 딸에게 김칫국을 먹이고 문을 열어젖히고 찬 공기를 맞으며 정신을 차리게 하여 저 세 상에 갈 뻔했다 살아났다.

그 시절 바람이 없는 날은 이 동네, 저 동네에서 연탄가스가 방에 들어와 죽는 사람이 많았다. 연탄을 아끼느라 연탄불을 약간만 늦게 바꾸다 보면 불씨가 없어져서 꺼지는 날이 많았다. 불 한번

살리려면 얼마나 애를 먹었던지. 손과 얼굴에는 검댕이 칠해질 때가 많았다. 방을 따뜻하게 데워 주는 것도, 연탄보일러가 등장해 방 한 칸마다 연탄 물 보일러를 설치해 따뜻한 물도 쓸 수 있게 되고 따뜻한 밥도 해먹고 온 식구들에게 따뜻함을 전해주는 건 검은 연탄이었다. 자기 몸을 태워 열을 전해주고 하얀 잿덩이로 변한다.

아이들을 키울 때 만삭이 된 몸을 움직여 계단 밑에 쌓아놓은 연탄을 가져오다 발을 헛디뎌서 바닥이 연탄가루로 난리가 난 적도 여러 번. 큰 딸이 8세 때 일이었다. 딸 앞에 오늘은 연탄 가는 걸 배우라 했더니 "왜요?" "이다음에 커서 시집가면 연탄 갈아 넣을 줄 모르면 어떻게 밥해 먹을 거야?" 물었더니 "엄마 걱정 마세요." 하며 연탄 안 쓰는 집에 시집을 가겠다고, 그 말이 엊그제 같은데 몇 년이 흘러 석유보일러로 대체하는 시대가 되었다. 이 집, 저 집 고치느라 보일러 고치는 기술자들이 살판나는 세상이 되었던 때도 있었다. 결혼해서 이사를 몇 번 다니다 마지막으로 도남동 집을 지을 때는 아예 심야 보일러로 교체하였다. 올해까지 20년이 되었다. 한 때는 한전에서 싼 전기세로 심야 보일러를 하라는 홍보가 있었다. 요즘 석유 보일러에 들어가는 기름 값보다 더 적게 세금을 낸다.

세상이 너무 좋아져 부엌 아궁이 불에서, 검은 연탄보일러에서 심야 보일러, 가스렌지로 부엌 문화를 바꿔가며 음식을 만들다 언뜻

큰 딸이 한 말이 생각났다. 연탄 안 갈아도 사는 세상이 옵니다. 여자들의 고생도 덜어주고 살맛나는 세상이라 미소를 지어본다.

2008년

엄마의 외로운 밤

명철, 명주, 명금, 명후야 이 밤 너무나 속이 답답하고 마음이 외로워 의지할 때 없어 이렇게 펜을 들었다. 사남매는 이 엄마를 밉다고 원망하진 않을 테지. 너희들 위해 최선을 다해 살아왔다. 후회스럽지 않아 외롭고 쓸쓸할 때 누구 앞에 호소하니 너희 아빠는 마음이 통하지 않고 나의 마음 의지할 때 없구나. 그러나 신앙심으로 마음을 달래보곤 한다.

오늘까지 특히 명철이 너를 볼 때는 든든한 마음먹고 살고 있다. 그렇지만 아빠와 엄마는 인연이 없는 사람끼리 만난 것 같다. 서로를 감싸주고 존경스러운 마음은 없고 서로의 불만 속에 살아가려니 언제나 이해 못하는 것 같다. 종교적 갈등인지 이 엄마는 어떻게

처신해야 되는지 허전하구나. 이 세상 살아 있다면 오로지 사 남매를 위해 기도하고 끝까지 마음에 의지를 찾고 살으련다.

엄마는 26세 아빠는 33세 때 그 누구의 소개로 알게 되었고 소개받아 1개월도 안 돼서 청혼을 아빠가 해 왔다. 그 때 철이 없이 아빠의 성격을 잘 모르고 결혼 승낙을 한 것이 서로를 존경 못하고 오늘까지 불만인 것 같다. 너희 아빠는 신앙심이 있는 나의 마음을 못마땅히 늘 생각하는 것 같다. 나 역시 신앙이 통하지 않아 언제나 마음이 외롭고 고독하다. 나는 아빠와 그 해 3월 달에 약혼하고 10월 10일 날 결혼했다. 엄마는 마음에 설계를 한 거야. 아이를 낳는다면 초등학교 들어가기 전까지는 집을 마련해야 되겠다고 말이야.

그 계획은 뜻대로 잘 되어 갔다. 하루도 빠지지 않고 가계부를 써나가고 아빠의 월급에서 식비만 최소한 남기고 나머지는 은행 적금을 부어나갔다. 철이가 6세 때 꿈에 그리던 집을 짓고 100만원 빚을 지게 되었다. 2년은 걸린 것 같구나. 빚을 다 갚아가니 너희 아빠 나이 43세 때 갑자기 대학원을 가겠다하고 어떻게하니. 남자가 큰 뜻을 갖고 하는데 한 푼도 여유 돈이 없지만 뒷바라지는 해 보겠다고 힘을 주었단다. 아빠의 등록금이 큰 문제는 아니고 공부를 하기 위해 서울 올라갔다 왔다하는 교통비가 많이 들었다. 이리 막고 저리 막고 하면서 너희 아빠 신경 쓸까 봐 돈 없는 타령 한 번 못 해보고 혼자 끙끙 전전했다.

그러다가 대학원 입학했을 때 머리를 썼지 점포집을 마련해서 아빠 월급 타는 것은 아빠 뒷바라지에 쓰고 점포를 운영하면 우리 여섯 식구의 생활비는 해결 되겠다 하여 지금의 이 집으로 옮기게 되었단다. 아빠 엄마가 처음으로 정성들여 지은 집을 팔고 점포 집을 마련하려니 돈을 또 빚을 지게 되었고 구멍가게를 하고 엄마가 직접 운영하려니 너희 사남매 초등학교 다니는데 신경을 못 써주었다. 몇 개월 운영하다 딴 사람에게 인계해주었다.

그 때 재미있는 일도 있었지. 천원어치 사겠다 손님 한 명 오면 명철 너는 일곱 살에 엄마 일 도와주겠다 하면서 점포 일을 도맡아

팔아 주었다. 아니 한 살 터울 동생들도 팔겠다 같이 나서는 바람에 이건 아니다, 라는 생각이 들어 빨리 인계를 하였단다. 그러고 나니 계획이 어긋나서 생활비가 적자를 내고 빚은 더 불어 났단다.

너희 아빠는 이 해 말이면 대학원 과정을 끝나고 있지. 그동안 너희들 입을 것 제대로 못 사입히고 먹을 것 잘 못먹여서 미안하다. 그러나 아빠의 고생 끝에 아니 우리 여섯 식구의 고생 끝에 결실을 맺었고 앞으로 조금씩 갚아 나가면 채무부채 삼년이 지나면 다 갚아 가겠지 그 땐 우리도 부자가 될거야. 꿈은 아름답게 기다려진다.

철아, 오늘까지 헛되이 살지 않았어 최선을 다 했다. 생각과 말과 행동이 미숙한 점이 있으나 착한 사남매를 보면 힘이 저절로 난단다.

지난 밤에 아빠와 나는 말다툼을 심하게 했단다. 너희들에게는 미안하다. 언젠가 어른이 되었을 때 엄마를 이해할 거야. 너무나 허전한 마음 금할 길 없어 살아져 갈 곳이 없나 해서 눈물 만이 앞을 막는구나. 사남매를 지키기 위해서도 엄마는 끝까지 살아야 되겠다. 말다툼 내용은 TV보다가 너희들의 교육을 위해 엄마가 최선을 다 할 수 있는 기도의 정성으로 교회라도 더 성실히 다니고 싶다는 것이었는데, 아빠는 나의 의견을 묵살했단다. 다툰 발단이 이 점이다. 나는 말문이 막혀 화병이 나는 느낌이다. 차라리 처음부터

신앙을 거절했다면 결혼을 안 했을 걸. 외롭고 쓸쓸하다. 고독하다. 이 생명 다하도록 넷이서 서로 사랑하는 우리 자식들. 이 엄마 힘내야지 이해해주렴.

1984년 12월 13일 새벽

사진 속의 추억들

환갑을 넘어가니 남편은 나에게 사진들을 정리해 놓으라고 여러 번 재촉했다. 앨범 정리를 하라는 말이었다. 나는 정리할 엄두를 못 냈다. 남편이 학생 때부터 지금까지 60평생 찍어 놓은 사진이 있고 내가 평생 찍은 사진들이어서 앨범 몇 권은 될 것 같았다. 한 해 두 해 넘기다 내 나이 64세 되던 해에 큰 맘 먹고 문방구에서 앨범 몇 권을 사다 사진붙이기를 시작했다. 서랍 속에 아무렇게나 넣어 두었던 사진들이라 남편 앞에 의논도 없이 남편이 어린 학생 때 찍은 사진들부터 붙이기 시작 고등학교 때 한라산 등산 때 친구들과 찍은 사진들이며 서울에서 대학 시절 찍은 사진 등 남편은 대학시절 사진을 보면서 나에게 여러 번 말해주는 말이 있다. 그 시절 하루

한 끼도 제대로 못먹고 학교 다녔다고 그런데 이 사진 속 이상규 친구의 신세를 많이 입었다고 했다. 그 친구 집에 가 밥을 많이 얻어먹었다고 대학시절 사진들은 여러 장 많이 있었다. 그 중에서도 상규 친구 형수가 나를 잘 대해 주어서 그 때 그 은혜 입은 것은 잊지 못한다고 가끔 나에게 말을 한다. 몇 십 년이 지나도록 서로 안부 전화를 하면서 살아오다 이 년 전 그 친구는 심한 뇌졸중으로 세상을 떠났다. 병원에 입원해 있을 때 나도 남편과 같이 문병을 갔었다. 얼마후 눈을 감아 남편은 친구 장례식에도 갔다 왔다.

또 한 장의 에피소드가 있는 사진이 있다. 결혼하고 어느날 남편과 같이 남편의 앨범 속을 보니 대학시절 예쁜 숙녀와 다정히 찍은 사진을 보면서 남편이 하는 말 이 여성하고 긴 인연이 될 뻔했는데 제주 여성이 아니어서 사귀다 그만 두었다고 했다. 아버지가 육지 여성은 절대 안된다고 해서 더 이상 사귀지 않았다고 했다.

한번은 그 친구가 제주에 와 관광을 다 시켜주고 여관 방 한 방에서 지내고 간 여성친군데 그날 밤 손끝 하나 여성을 건드리지 않고 곱게 처녀의 몸으로 서울로 갔다고 나 앞에 그 말을 믿으란 말인지 웃으며 믿으라하면 믿어야 좋겠다 하여 코웃음으로 넘겨 버렸다. 이제 나의 추억 속 사진 여행을 해야겠다.

몇 년 전 죽은 나의 유일한 여동생이 하나 있었는데 큰아버지 아들 사촌동생과 셋이서 어린 때 처음 찍은 사진이 손에 잡혔다. 사촌동생은 나의 친정집 조상님들 모두를 혼자서 기제사를 다 치르고 조상님들 묘소관리, 벌초 하며 애를 많이 쓰고 있어 사촌 누나인 나는 미안함을 늘 안고 살고 있다. 내가 남자였다면 이씨 조상 관리 염려는 나의 몫이었을건데 여자로 태어난 것이 후회될 때도 있다.

두 번째 눈에 들어온 사진은 초등학교 동창생 남자친구 소개로 의남매 동생을 맺어주어 검은 교복 남학생 의동생과 같이 찍은 사진이 손에 잡혔다. 의남매 맺고 친하게 지내면서 각자 결혼해 아들 딸 자식 낳아 교편을 잡고 있는 의동생은 방학 때면 아이들 데리고 우리 집에 놀러왔고 우리 아이들도 삼촌하며 가깝게 지냈다.

남편도 의동생을 친동생처럼 여기고 교육계에 같이 몸담고 있어서 여러 가지 조언도 해주었다. 세월은 흘러 동생 아들과 나의 큰딸은 동갑내기였는데 눈이 맞아 결혼해서 사돈이 되었다. 딸 사위는 아들 딸 남매를 낳아 행복하게 살고 있다. 사돈님 존칭은 부담이 되어서인지 의동생의 부인도 나 앞에 언니라하여 자주 만나고 손자들 커가는 모습을 말하곤한다.

나의 젊은 시절 유년기는 삼양3동 이십대 이후는 동문통에서

1986 學年度 學位 授與式
祝
87 2

살다 도남에 이사 온 지 20년이 넘다보니 차 타고 10분 거리라도 친하게 지내던 친구도 몇 년에 한 번 볼까 말까. 그래도 그 친구와 찍은 사진이 있어 생각날 때 꺼내고 20세 때 그 추억을 그려보는 날도 있다. 사진을 정리하느라 애는 많이 썼지만 오늘도 앨범을 꺼내놓아 사진 속을 보니 결혼해 4남매 아이들 커가는 모습 사진들을 본다.

큰아들은 초등학교 6년 동안 급장을 도맡아 하게 되었다. 소풍가는 날은 담임 선생님 도시락 준비해 드리고 그 시절 사라봉으로 소풍을 가니 나 또한 어린아기 데리고 아들 소풍 따라가 찍은 사진들도 있었다. 4남매 대학 졸업때 찍은 사진, 남편이 40세 늦깎이로 대학원을 시작, 석사 박사 학위 받을 때 찍은 사진, 남편은 나에게 뒷바라지 내조했다고 그런지 사각모를 나의 머리 위에 씌어 사진을 찍게 해 찍은 사진을 보면서 곤란하게 어려운 경제 속에서도 공부하겠다는 남편의 집념 하나로 50세에 박사 학위를 받고 대학 전임교수로 발령 받던 날 아이들과 우리 부부는 가슴이 벅찼다.

경제가 차츰 나아져가니 늙기 전에 여행하자고 해 미서부, 서부유럽, 큰 나라를 구경하면서 사진을 많이 찍어왔다. 사진을 보면서 미국간 때 라스베가스 서부 인디언 마을 그랜드 케년 샌프란시스코 금문교 긴다리 위에서 찍은 사진, 특히 서부유럽 6개국 가서 찍은 사진들, 여행에서 남은 것은 사진이란 것을 실감한다. 어느새 70대가

되어가는 요즘. 사진 하나 하나 감상해보면 몇 십 년 전 추억이 다 살아나니까 이래서 찍어 놓은 것이 좋은 것이구나 감상하는 마음으로 행복을 느낀다. 지금은 일절, 찍고 싶지 않다. 늙은 얼굴 모습이 추하게 보여 밉게 보인다. 그렇지만 올해 2011년도는 더 늙기전 초상화 사진 1장은 꼭 찍어 놓아야겠다.

작은 앞마당

몇 평 안 되는 작은 마당. 과일나무를 좋아해 집을 지을 때 동쪽 울타리 옆으로 석류나무, 토종감나무, 비자나무를 심고, 남쪽 울타리 옆으로 종려나무, 향나무 그 외 몇 가지 나무를 심었다. 봄이면 나뭇잎이 하루가 다르게 돋아나 여름이 되면 푸른 녹음으로 에워싼다. 새벽이면 새들도 날아와 지지배배, 지지배배하고 노래를 부르며 나를 깨운다. 여유로운 날 큰방에 앉아 차 한 잔을 마시며 푸른 녹음을 바라보면 숲 속에 살고 있는 기분으로 머리가 한층 맑아진다.

추석 명절이 가까워지면 석류나무가 20년 동안 자라 손주먹 만큼 큰 열매가 많이 달린다. 석류를 10kg 이상 딸 때도 있다. 그것을

노란 설탕에 절였다 원액을 만들어, 석류차로 먹고, 석류주도 만들어 나눠 먹는다. 석류가 여자에게는 건강 최고의 과일이라고 찬사를 한다. 토종감은 무명천에 갈색물을 들여 여름에 입는 파자마를 만들어, 사위, 아들, 식구 들에게 나눠준다. 서울에 사는 큰아들은 몸에 땀이 안 붙어 최고로 시원해서 갈색의 면 파자마만 입고 있다고 했다.

걸어다니는 데만 돌방석을 깔고, 남은 흙에는 질경이씨와 민들레씨를 뿌렸더니 돌틈 사이에도 뾰쪽뾰쪽 잎새들이 올라와 한여름 불볕 더위 가뭄에도 생명력이 강해 우리 마당은 짙은 초록색 마당이 된다. 이것들은 푸른 녹즙 재료로도 최고다.

초봄이면 머위대 잎들도 뒤질새라 울타리 옆을 차지하고 올라와 어린 머위대 잎은 밥상에 봄향기로써 입맛을 돋궈준다. 나는 결혼 후 사 십 삼 년 동안 한방 보약 한 첩도 먹어본 적이 없다. 두 평 작은 마당에서 자라는 케일, 질경이, 민들레, 머위대, 돈나물 등 몇 가지 잎으로 푸른 야채 녹즙을 매일 아침 먹으니 몸의 면역력에 좋은 것 같다.

건강을 지탱해주는 작은 앞 마당이 있어 고마움을 느낀다.

2012년 2월

추억이 있는 집들 -일곱 번째 마음에 든다

일곱 번이나 이사를 해서 지금 살고 있는 집, 마음에 든다.

처녀시절, 동문파출소 근방에서 많이 살았다. 그래서인지 결혼해 살 집도 그 근방 전세로 방을 빌어 신혼살림을 시작했다. 몇 해 후 남편의 입에서 나온 말이 가관이었다. 결혼 전날 밤 남편의 10여 명 제자들이 우리의 첫 보금자리 방에서 신혼부부가 덮어보지도 않은 새 이불을 몇 채 펴놓고 술 먹은 음식을 토해 놓을 정도까지 놀다가 잠을 잤다는 것이다. 남편은 그 제자들의 고등학교 동아리 지도 선생님이었다. 지금은 같이 늙어가는 처지가 되었다. 대소사 같이 돌아보고 서울에 있는 제자 아이들 결혼 때는 축하해주기 위해 서울 예식장까지 올라간다. 따뜻한 정을 나누는 제자들이다.

결혼한 다음날 나는 첫 아이를 가졌다. 입덧이 너무 심해 40일쯤은 밥 한 숫갈도 못넘기는 체질로 골골하면서 지냈다. 그렇게 낳은 아이가 내년이면 40세가 된다.

두 번째 이사간 집은 중앙로 시내버스 내리는데서 백미터 떨어진 집이었다. 그 집에서 큰아들을 낳았고 안거리 살다 밖거리 채로 옮겨 두 번째 큰 딸을 낳았고 한 살 터울로 세 번째 작은딸도 이 집에서 임신했다. 한 살 터울로 내리 세 번째를 가지면서 아기 가질 때마다 입덧이 너무 심해 사람마다 냄새가 다르고 부엌에 나가 음식준비를 못할 정도였다. 밥 냄새가 그리 안좋았던지 첫째, 둘째 모유는 부족하고 우유살 돈은 여유가 없어 노란좁쌀 죽 끓여 체에 받쳐 우유병에 넣어 먹였다. 큰아들은 좁쌀미움 몇 말은 먹어서 자랐다.

세 번째 작은딸은 동문통 신산머루동네 사촌이모네 집으로 이사를 간 다음 세상에 나왔다. 한 살 터울 세 아기들은 우유를 먹겠다고 난리다. 큰오빠는 우유 먹지 말고 밥을 먹으라 하면 작산동생들은 주는데 자기는 안준다하며 우유를 먹겠다 떼를 썼다. "작산"이란 말은 제주도 사투리로 다컸다는 의미이다. 네 살짜리 큰아이 눈에는 어린동생들이 다 작산 아이들로 보였던 것이다.

세 번째 이사한 이모네 집에서 몇 년은 살았다. 나는 결혼 일주일째 되는 날 가계부를 썼고 제1호로 아이들 학교 가기 전 집을

장만해야지 계획하고 통장을 만들었다. 커가는 아이들 간식 제대로 못 사주고 자랐다. 그 시절은 대다수 가정에서 간식이란 것이 없었다. 너무나 어려운 시절이었기 때문이다.

계획대로 큰아이가 여섯 살 되는 해 자그마한 30평 땅을 갖게 되었고 약간의 빚을 지고 꿈에 그리던 25평짜리 집을 지었다. 처음 지은 집으로 이사 간 첫날밤 우리 부부는 잠자는 아이들을 보며 설레는 마음, 감사하는 마음으로 서로 격려를 했다.

남편은 목수하고 육지에 같이 나가 목자재를 사와 집을 몇 대 물려줄 정도로 튼튼하게 지었다. 처음으로 장만한 집에서 넷째 작은 아들을 가졌다. 나의 임신 입덧은 여전히 너무 심했다. 물도 한 모금 못 넘겨 하루종일 구역질하면서 뼈만 앙상해갔다. 하루를 어떻게 보내나 온몸이 다 허물어져가는 상태로 꼭 40일 이상 머리에는 이가 뀔 정도고 식구들 밥도 해주지 못할 정도인데 그 와중에 큰시누딸이 집에 와 아이들 뒷바라지며 집 살림을 맡아 살다 갔다.

이제까지도 그 조카 고마움을 잊지 않는다. 친정 어머님은 처음 지은 집에서 같이 살게 되었다. 어머님은 아이들 날 때마다 꼭 일주일은 산후조리 도움을 책임져 정성껏 잘해주셨다. 안정된 우리집을 갖고 일 년 후 큰아들이 초등학교에 입학하게 되어 아들 데리고 동문시장에 가서 책가방을 사고 아이 등에 메어주니 싱글벙글 좋아

하는 모습을 보고 우리부부는 행복함을 느꼈다. 자식을 낳아 기르는 맛을 이제 알 것 같았다. 집을 지은 다음 약간의 빚도 있었는데 일 년 후 다 갚았다.

남편은 대학을 마치고 대학원 과정을 하고 싶었지만 경제적 여건이 안 되어 못했는데 이제라도 시작하고 싶다고 나에게 의논을 했다. 남편이 40대가 넘은 때였다. 얼마나 하고 싶은 공부길래 이제 빚이 없으니 해보시라 응원해 용기를 드렸다. 마침 옆 가게집이 팔겠다하여 동네 쌀집 가게주인을 찾아가 70만원을 빌려와 구멍가게가 있는 집을 얼른 계약했다. 정성을 다 하여 처음 지은 집이지만 팔아서 더러는 갚고 약간의 빚은 또 남았다. 다섯 번째 집으로 우리 가족은 이사를 했고 아이들은 올망졸망 가게 운영이 힘들었다. 점포는 세를 주고 생활하려니 가계부는 매월 적자였다. 남편은 학업을 꾸준히 잘 마쳤고 석·박사과정을 해냈다. 그동안 살림은 많이 어려웠지만 아이들 건강히 잘 커주었고 방이 여럿 있는 집이라 두 어머님도 한 집에 모시게 되었다. 남편 나이 49세 학업도 끝냄과 동시에 대학교 전임교수로 발령을 받았다. 남편은 뜻을 갖고 열심히 실천하다보니 좋은 결과가 왔다. 이제 살아가는데 빚 없이 살아야 되겠다는 의논 끝에 가게 집을 팔아 부채를 다 갚고 약간 작은 집으로 여섯 번째 이사를 했다.

네 명은 중·고등학교 다녔고 큰아들은 초등학교 1년생부터 고3까지 1등을 놓치지 않아 고3학년까지 이집에서 살았다. 골목이 긴 안집 어느날 시어머니는 연세가 90세 되다보니 맨 끝 안집이라 사람 지나가는 모습 못보고 외롭다고 길 지나다니는 사람 사는 소리 들으면서 살아야 좋다고 했다. 어머니의 말을 음미해보니 큰 뜻이 있어 보여 지금에 사는 일곱 번째 집을 마련하려고 큰길가가 붙은 땅을 마련해서 여섯 번째 집을 팔고 도남동으로 집을 짓고 이사온 지 이제 20년이 넘었다. 어머니의 말대로 차 소리 나고 사람들의 말소리 들리는 사람 사는 활기찬 모습들이 마음에 들었다.

나는 일곱 번째 이사 온 이 집에서 많은 일들을 치루었다. 얼굴도 기억 못하는 친정 아버지 유해를 일본에 가서 모셔다 장사 치루고 그때는 삼년상 대소사도 끝냈다. 그 뒤 큰아들을 집에서 돼지 네 마리로 음식을 차리고 몇 백명을 맞이해 결혼식을 치루었다. 1년 후 시어머니 101세에 돌아가셔 삼년상을 치루었다. 얼마 안있어 두 딸 혼인 때도 음식 차리고 사위, 사돈 상을 차리고 대접을 한 집이다.

반가운 친구나 아는 분을 만나면 요즘 어떻 살아가느냐 물으면 그냥저냥 "눈·코 뜰 사이 없이 살암져!" 대답할 때가 있다. 위로 삼남매는 남편의 직장따라 딸들도 육지로 나가 잘 살아가고 있고 큰아들은 서울에서 대학교수로 자리를 잡았다. 오십평 큰 집에는

장가 아니간 작은아들 일찍 출근했다 퇴근하면 셋이서 저녁밥을 먹을 때는 나름대로 행복을 느낀다.

나는 지금 이 집이 살아갈수록 너무 마음에 든다. 집 짓고 이사올 때 과일나무가 좋아 마당에 심은 석류나무, 대추나무, 토종감나무 두 그루 그 외 동백, 향나무 큰 방 앞 마루 앞 기역자 울타리 돌아가면서 심었더니 지금은 20년 이상 되니 아주 큰 나무로 자랐다. 알맹이도 큰 석류를 따 노란 설탕에 재웠다 원액을 받쳐 차 끓여먹고 토종감은 무명천에 감물 들여 갈옷을 해 입으며 시원한 여름을 보낸다. 그뿐만이 아니다. 아침 새벽 다섯 시가 되어 가면 새들이 지지배배 하면서 나를 깨워준다. 한적한 날 큰 방에 앉아 밖을 내다보면 나무들이 어울려져 있어 숲속에 앉은 착각이 든다. 눈이 오는 겨울날이면 새들이 자연에서 먹을 것이 모자랐는지 노랗게 익은 토종감 먹으려고 몇 종류 새들이 짝을 지어 날아와 콕콕 뾰족한 입으로 쪼아먹고 간다. 남편은 새들의 먹이감이라 하면서 토종감을 따지 말라고 나 앞에 한 말이 이유 있는 말이었다. 나는 사계절 집에 있어도 외롭지 않다. 파란나무들이 있고 새들이 날아와 놀다 가는 모습을 보며 시어머니 말을 듣고 일곱 번째 집으로 이사와 살게 됨을 우리부부는 노년에 행복을 느끼며 살고 있다. 돌아가신 시어머니와 대자연에 감사하며 살고 있다.

의남매 동생이 사돈이 되다

의남매 맺은 ○○동생이 사돈이 되어 지금 생각을 하면 20대 전인 것 같다. 초등학교 동창인 남자친구의 소개로 몇 년 후배인 중 3 남학생과 의남매를 맺어 가끔 주말이면 만나 남자 동창과 ○○동생을 만나 바닷가로 놀러 다닌 날들이 생각난다. ○○동생은 서울에서 대학을 다니고 직장도 서울에서 갖게 되고 여자 친구를 만나 결혼을 했다.

나는 꿈 많던 그 시절 가톨릭 성당의 수녀님이 되고자 한 때는 마음을 먹고 괜찮은 남자들이 연애를 하려고 말을 걸어와도 정을 주지 않아 이뤄진 적이 없는데 지금 생각해보면 그 남자들이 참 멋있었던 걸로 기억이 된다. 하지만 홀로 딸을 바라보고 살아온 어머님을 생각

하면서 수녀의 길을 포기하게 되었는데 지금의 남편을 어느 선생님의 소개를 받고 결혼해서 2남 2녀를 낳아 살아오게 되었다.

아이들의 결혼 적령기가 다가오니 큰딸의 사윗감으로 ○○동생의 아들과 결혼을 시키게 되었다. 설이 돌아올 때면 ○○동생 부부와 그 동생 아이들이 우리 집에 세배를 오곤 했다. 동생 아이들이 우리 아이들과 같은 또래여서 ○○동생은 우리 아이들에게 삼촌처럼 아이들끼리는 사촌처럼 집안이 떠들썩하게 놀다가곤 했다. ○○동생의 큰아들이 결혼시기가 되고 나의 큰딸도 결혼 시기가 되다보니 먼 데서 사윗감을 고르지 말고 ○○동생의 아들과 시켜야 좋겠다는 생각이 들어 딸아이에게 의견을 물어보았다. 어떻게 삼촌 아들과 결혼하느냐는 말이 나왔다. 그런 게 아니고 어머니가 20대 때 ○○동생과 의남매를 맺은 사이라 하니 어느날 딸이 서울에 올라가 직장에 다니고 있던 삼촌의 아들을 만나 자기들끼리 결혼 선언을 해서 쉽게 사윗감을 구하게 되었다. 지금은 좋은 성품을 지닌 사위로 가정을 훌륭하게 이끌어 나가고 있다. 나 역시도 ○○동생이 사돈이 된 것에 만족해 한 달에 한 두 번씩 만나 사돈과 식사를 하곤 하는데 ○○동생 부부는 지금도 누나, 언니로 나를 부르며 사돈 사이가 부담이 없이 행복하게 살아가고 있다.

2008년 6월

친목 모임은 수다 떠는 날

비싸지 않고 적당히 맛있는 식당 음식을 찾아 모임을 갖는다. 오늘도 회원들과 많은 대화를 나누고 돌아왔다. 친목 모임이 없었더라면 무슨 재미로 살아가나 할 정도로 모두들 수다를 떠는 날이다. 친했던 친구들도 결혼하고 하나 둘 떠나고 저마다 시간이 바쁘다보니 얼굴 한 번 보기가 힘들다.

생각 끝에 몇 몇 친구한테 전화를 했다. 첫만남을 계기로 매월 12일 친목 모임을 하게되었다. 올 해로 만 40년이 되었다. 만나는 날은 손자들 재롱 자랑으로 웃음 꽃이 핀다.

두 번 째 모임은 27년 된 고씨 며느리 모임이다. 30명이 매 월 6일날 모임을 갖는다. 시댁 고씨 권당집 큰일과 대소사 경축일 다

돌아보며 언제나 웃는 얼굴로 매월 한번도 거르지않고 27년 째 모임을 가졌다.

나이든 웃어르신 며느리들이 하나 둘 세상을 떠나고 젊은 며느리들은 맞벌이 나가다보니 총무 맡을 사람이 없었다. 권당님들은 아쉬워하며 올해 6일 모임에서 헤어졌다.

세 번째 모임은 큰아들 중3 때 학교어머니 회장을 맡게되면서 그해 시내 중고등학교 어머니 회장 모임으로 하게되었다. 누가 추진했는지 생각은 나지 않지만 12명 어머니 회장 친목 모임으로 만나자는 의견이 나와 올해 24년 째 모임을 갖는다. 자식들은 학교 졸업을 한지 오래지만 우리 어머니들은 언제나 27일 모임을 갖고 집에 경조사를 다 돌아보고 있다. 성장한 자식들이 사회에 나와 의사가 되고 교수가 되고 큰 일꾼이 돼가는 그 자체가 자랑스러운 날이다. 이 모임은 머리 큰 남편들이 많이 있다. 의사 원장이 두 분, 대학교수님도 세분 큰 사업하시는 분이 몇 분 국회의원 등등 삶의 경제수준도 대단하다. 회원중에 나는 제일 적게 가진 가정인 것 같다. 그러나 교수아들과 교수 남편이 있어 마음이 든든하고 행복을 느낀다.

네 번째 모임. 고향 선후배 모임이다. 고향 삼양에서 낳아 자랐으니 삼양초등학교 선후배 모임 칠 명, 올해 22년째 9일 날 만나니 9일

모임 명칭이다. 모임 이야기는 비슷하지만 특별한 의미가 있다. 본적지 고향에서 일어나는 일들을 생생하게 들을 수 있어 좋은 모임이다. 어느 집, 선후배 자식들이 잘 돼 있고, 누구의 부모는 돌아가셨다는 소식 등등. 그 옛날을 회상하며 향수에 젖어보곤 한다.

다섯 번째 모임. 고향 동네 모임. 어머니 배 속에서 낳아 자라며 냇가에서 발가벗고 물장구치며 헤엄을 배우며 자란 동네 선후배 친구 모임이다. 환갑은 다 넘고 칠십을 바라보는 9명은 20년째 모임을 갖고 있다. 한 명은 일본에 살고 있고, 서울에도 살고 있지만 모임이 있는 시간에 전화로나마 목소리를 듣는다.

우리 옛동네는 버렁동네라 불러서 버렁친목 모임이라 부른다. 언제나 17일 모임이 있는 날이다. 이 날은 사심없이 모든 얘기를 다 터 놓는 날이다. 그 옛날 4·3사건을 겪었던 얘기며, 먹을 것 없어 하루 두 끼도 제대로 먹지 못한 이야기, 그나마 약간 잘 사는 집에는 간식으로 고구마가 있어 삶아 두었다 집에 놀러온 친구들 앞에 나눠 먹었던 이야기 등, 나는 어린 시절 밀찌꺼기 범벅밥도 맛있게 먹었다. 어머님이 해초를 뜯어다 삶아 먹었던 이야기. 그때를 생각하며 눈시울이 젖을 때가 가끔 있다. 지금은 천당 극락에서 사는 느낌이다. 그때의 나, 우리 부모님들이 고생을 겪으며 살아온 조냥 정신 덕분에 오늘의 풍요함을 누리는 것 같다.

친목 모임이 없었더라면 늙어감이 허무할 것 같다. 나는 어릴 때 고생하며 외롭게 자랐지만, 성품 좋은 남편을 만나 사남매를 키우고 두 어머님을 모시고 억척같이 바쁜 날들을 보내면서 정신적 육체적 스트레스가 쌓인 날이 있어도 즐겁고 따뜻한 모임이 있어 행복했다. 요즘에는 달력에 크게 모임 있는 날 빨간 동그라미를 쳐놓는다. 머리가 깜빡깜빡 할 때도 있다. 앞으로 남을 나날들을 어린애 같은 고운 마음으로 수다 떠는 날들을 기다리며 즐겁게 행복하게 살아 가야지 마음을 먹는다.

2011년 1월

고씨 며느리 모임과 헤어짐

1984년 4월 6일 첫 모임을 가졌다. 전서공파, 34세손. 고씨 집안에 시집을 와 뒤돌아보지 않고 앞만 보고 살았다. 사남매를 키우다 보니 괸당 어르신, 특히 고씨 며느리들이 어떻게 살아가는지 궁금했다. 길에서 괸당을 만나도 얼굴도 잘 모르고 그냥 지나쳐가는 때도 있었다. 그러던 차 우리 고씨 가문을 빛내주는 고봉식 어른이 교육감님으로 당선되었다. 그 동기가 시발점이 되어 우리 여자 괸당들도 며느리 모임을 갖자고 의견이 모아졌다. 지금은 고인이 되었지만 신제주에 사는 고상수 괸당님이 하루는 나에게 전화가 왔다. 괸당이 시작 날짜 모임의 뜻을 전달하는 전화를 수고했으면 좋겠다고 해서 흔쾌히 나는 대답했다. 남편에게 괸당님집 전화 명단을

적어받고 일일이 장소 시간을 알려 드렸다.

첫 며느리 모임은 고봉식 교육감 자택에서 이루어졌다. 1984년 4월 6일 1회 회장에 장정숙 교육감 사모님이 추대됐고 나는 총무를 맞고 서기 회계 간부는 2년 씩 돌아가며 맡기로 했다. 회원 23명 경조사 부조를 직계 가족 모두에게 하는 것으로 정관을 만들고 회비는 매월 천원으로 정했다. 매월 6일 모임 날짜다.

모임 순서는 나이가 많은 차례로 내려가기로 정했다. 그 중에는 우리 큰 동서형님이 칠 십 세 이상 되어서 두 번째 모임은 동서님 집에서 모이기로 정했다. 첫모임이니 고봉식 교육감님과 몇 분 남자 권당님도 참석해 좋은 모임이라고 격려를 해주었다. 모임을 갖다보니 숫자는 더 불어났다. 모임 당번은 2년에 한 번 돌아오는 대접이니, 모임이 있는 집에서 성심성의를 다 해 맛있는 점심을 대접했다.

언제나 6일, 며느리들은 잔칫날 같은 행복한 마음으로 모두는 웃음꽃이 피었다. 몇 년이 흐르다보니, 집안에 좋은 일이 있을 때는 나름대로 희사금도 많이 모아져 천원 회비가 몇 백만원이 되었다. 나이는 20대에서 70세 이상, 더 늦기 전에 관광이라도 해야 된다고 해서 이구동성 찬성, 1회 때는 강원도 설악산 케이블카도 타보고

2회 때는 전주 한옥마을에 가서 한옥에서 잠을 자고 반상기로 식사를 먹으니 결혼할 때 반상기 상을 받는 새색시 기분이 되살아나는 행복한 밥상이었다. 그 외 제주도 전역은 수시로 6일 날짜에 맞춰 즐겁게 여행을 다녔다.

어느 모임보다 우리 고씨 모임은 6일 만나는 날을 25년 동안 한 번도 바꾼 적이 없다. 언제나 눈이 오나 비가 오나 태풍이 몰아치는 날도 꼭 모였다. 한여름 밤에 보리를 베다가도 꼭 뛰어와 참석을 할 정도로 웃음이 넘치는 6일을 기다린다. 모임 때문에 30여 권당집 모르는 집이 없이 다 찾아다녔다. 결혼식도 꼭 참석해 기쁨을 같이 나눴고 조상 모듬 묘제날이면 남자 권당님들과 같이 산으로 가 참석해 음복도 같이 나눠먹었다. 오랜 세월 모임을 갖다보니 촌수가 먼 권당도 아주 가까운 사촌으로 생각이 들 정도로 정이 들었다.

하지만, 나이 많은 권당님 몇은 돌아갔고 젊은 며느리들은 생계 보탬을 하려고 직장에 나가는 형편이다. 총무를 맡길 젊은 며느리가 없었다. 아쉽지만 존속이 안될 것 같았다. 2009년 3월 6일 마지막 모임으로 해단식을 가졌다. 만 25년 좋은 만남으로 가까운 권당이 되었고 기분 좋은 이야기로 서로 격려 해주며 행복한 날들이었다. 그동안 내가 느낀 것은 전서공파 우리 고씨 며느리들은 아주

검소하고 알뜰히 집안을 잘 꾸려나가 집안의 등불이 되었다.

남은 여생 우리 모두 건강하게 살아요. 힘내요. 사랑합니다.

2009년 3월

이름을 불러주는 권당님

결혼한 지 42년 그동안 지나온 일들을 회상해 보면 어려운 날들도 많았지만 보람있는 날도 많았다. 2남2녀에 딸린 손자들 8명으로 모두 합치면 열 여덟 식구다. 재롱둥이 손자들이 많아 누구 못지 않게 행복을 느낄 때가 많아 감사하는 마음으로 살고 있다. 나의 울타리를 떠나 이웃들, 특히 고씨 권당님들도 서로 사랑하며 격려하며 부딪혀 살아오면서 잊어서는 안될 권당님 한 분이 있어 펜을 들었다.

우리들의 약혼식날 권당님이 참석해 주셔서 좋은 격려의 말씀을 해주셨고 얼마 후 결혼해 집들이 하면서 권당님 부부를 초대해 서투른 음식차림이지만 성의를 다해 대접했다. 남편이 말 한마디,

나에게는 은인 권당님이라고 하며 소개해 주었다. 사회에 나와 첫 직장을 갖게해주신 권당님이라고 하였다. 그 후 한 달에 한 두 번은 권당님 부부와 같이 만나 외식 음식을 먹으며 모든 면에서 부족한 나를 친절히 이끌어 주었다. 특히 남자 권당님은 나를 부를 때 순자야 그 사이 어려운 일 없이 잘살암시냐며 친절하게 대해주었다. 십 년 후 그 권당님은 고씨 가문을 빛내는 고봉식 교육감이 되었다. 남편과 교육감님은 서로를 의논하며 살아가는 형제간 이상 돈독한 나눔을 가지며 살아가는 모습을 보며 참 좋으신 권당님이구나 마음 든든했다.

서로 바쁘다보면 자주 못만날 때도 있으나 전화로 안부 걸어올 때면 "요즘 어떵 살암시니"하고 웃는 모습으로 말씀을 한다. 수일 내로 식사하자는 대화다. 요즘 87세 권당님은 마지막 보람있는 일을 하나 하기로 해 사재를 털어 요양시설을 짓고 있다.

오늘은 교육감님 만나서 식사하자고 남편 앞에 의견을 드렸더니 그러자하여 우리 집에서 걸어서 20분 거리에 요양원 짓는 장소로 가보니 현장에 있었다. 완공을 앞두고 집을 돌아보니 많이 애쓰신 것이 느껴졌다. 교육감님은 큰며느리가 고생이 많아서 완성되어 간다하며 며느리를 격려해주었다. 권당님 모시고 가까운 식당으로가 맛있는 음식을 먹으면서 내 남편에게 순자 앞에 잘해주라 부인이 살아 있을 때는 못느꼈는데 저 세상 가니 매일 매일 생각이 난다며

자식이 많으면 뭘하냐, 부담없는 부인이 해준 빨래며 음식 맛이 늘 그리워진다고 하였다. 살아 있을 때 따뜻하게 말 한마디 표현 못해 준 것이 늘 후회스럽다하시며 순자야 너도 남편 잘해드리고 누구 한 사람만 남아 있을 때 외롭고 후회하지 말도록 하라는, 의미있는 말을 해준다.

집에 돌아와 한참 되새겨보았다. 이제 얼마 남지 남지 않은 세월 정말로 잘해드려야지, 좋은 말씀이구나 다짐했다. 이 세상 그 누구보다 살아오면서 큰 나무되어 그늘을 만들어주신 권당님, 따뜻한 정을 베풀어 주신 권당님, 남은 여생 우리들이 옆에 있어 외롭지 않다는 권당님, 순자라는 이름을 많이 불러주는 권당님, 정말 고맙습니다. 감사합니다. 사랑합니다.

2010년 3월

말한마디 없이 가버린 동생

나의 혈육이라곤 여동생하나.

기억을 더듬어보면 내 나이 다섯 살 때 우리 시골동네에 둠뱅이 물이 있다. 그 물에서 여름이면 수영하고 한쪽에서는 야채 씻고 빨래하고 동네분들이 다 이용하는 곳이다, 하루는 동네할머님이 어떤 동생 낳았느냐 물었다. 나는 여자 아기라고 대답했다. 육십년 전 기억이다.

우리 형제는 커가면서 동생의 성품은 급하고 신경질적이었다. 네 살 터울 언니 나를 꼭 이겨야 직성이 풀리는 성격이었다. 설 때가 돌아오면 어머님은 꼭 같은 옷을 만들어 입혔다. 이 언니가 색다른 옷을 입는 날이면 못 보아주는 성격으로 컸다. 그러나 어머니 없을

때 의견차이가 있어 티격태격 싸우다가도 마당에서 어머니 말소리만 나면 언제 그랬냐싶을 정도로 안 싸운 아이들로 변했다. 아버지 없는 두 딸을 늘 사이좋게 지내라는 어머니의 명령이었다. 성장한 동생은 간호사직업을 택해 결혼 전까지 다녔다. 성격이 얼마나 까다로운지 얼굴에 뾰루지 하나만 났어도 이런 얼굴 피부로 태어나게 했다고 어머니 앞에 울상을 몇 번이곤 했다. 나보다 동생은 인물이 좋고 그 시절 세련된 감각이 있어 남보다 먼저 앞서가는 아주 멋쟁이 간호사였다.

그 시절 남자들은 동생을 많이 따랐다. 그 중에는 직업도 좋고 인물 좋은 청년들이 꽤 있었다. 어느날 이 남자와 결혼하고 싶다고 나 앞에 소개를 시켰다. 아닌게 아니라 키가 크고 얼굴은 미남에 형제는 여럿 있다고 했다. 고향은 서쪽 지방 동네. 사귀는 것을 지켜보았는데 동생 남편감은 아니었다. 허우대가 좋아서 그런지 바람기가 있어 보였고 뚜렷한 직업이 없었다. 나는 동생의 남편감은 아닌 것 같아 여러 번 말려보았지만 동생의 팔자인지 이 남자하고 결혼하겠다하며 밀고 나갔다. 말리다 말리다 말을 듣지 않아 결혼은 진행됐고 동생은 결혼 후 직장 없는 남편을 만나 근심걱정에 고난의 연속이었다.

어머님은 우리 세 식구 지금까지는 부자는 아니지만 큰 걱정 없이

살아 왔는데, 작은딸이 아이를 낳아 기르면서 고생하며 살아가는 모습을 보며 작은사위가 뭘 하며 집안을 끌어갈 건지를 늘 걱정하였다.

어느날 동생 남편은 사업을 시작하겠다하며 부인인 동생 앞에 사업자금 대주라고 성화가 말이 아니었다. 할 수 없이 어머니나 나는 동생이 잘 살아 나갈 수만 있다면 하는 생각 끝에 사업자금을 남에게 빌어다 대어주기 시작했다. 그러나 터진 항아리에 물 붓기나 다름없었다. 어떠한 사업도 오래가지 못하고 목돈 들여 시작해선 문 닫기 여러 번. 그 사이 아가씨와 바람난 적도 몇 번. 동생은 3남매 아기를 낳았고 집안 형편은 말이 아니었다.

가정불화의 연속, 이혼도 시도해보았지만 아이들이 불쌍해 구타를 당하면서까지 가정을 지켜가는 불쌍한 동생처지가 되었다. 정말 돈이 안 붙는 것이 동생 남편의 운명인 것 같았다. 아이들이 커가고 중·고·대학갈 때가 되어도 동생의 가정은 숨 필 날이 없었다. 어머니와 나는 그런 고통 속에서도 아이들을 생각해 꾹 참고 살아가는 동생을 보며 언젠가 잘 살아 나가는 모습 보려고 몇 번이고 돈을 대주다보니 어머니도 빈털터리가 되었다. 나 역시 새로운 사업할 때마다 남에게 차용증을 써주면서 특히 남편 몰래 빚을 진 채 살았다. 동생 남편은 마지막 모래사업을 하다 크게 부도를 맞게 되자 동생 앞에 모든 빚을 떠맡기고 소리 없이 사라져 버렸다. 동생, 어머니, 나 세 식구는 하소연할 데가 없었다. 큰 빚을 몽땅 떠맡은

동생보다 돈을 대어준 나 자신이 보증 앉은 빚을 많이 물게 되어버린 상태가 되었다. 동생은 사업을 바꾸어 시작할 때마다 만만한 언니 앞에만 돈을 빌려달라고 떼를 썼기 때문이다. 어머니에게 있던 돈 삼천만원 다 털어 쓰고 내가 물어야 할 돈은 사천만원이었다.

10년 전 그때는 큰 거금이었다. 동생은 남편 없이 아이들 대학 보내고 이자 물며 억척스레 양품가게를 내어 살아갔다. 그러나 너무 무거운 짐이었는지 추운 겨울 신구간 때이다. 어머니와 나에게 말 한마디 없이 모든 부채를 언니인 나 앞에 떠맡기고 사라졌다. 그 후 나의 집안은 남편과 대화가 두절되다시피 남편 몰래 보증 서주고 빚쟁이가 되어 가정불화가 있었다.

그 와중에 서울에서 공부하는 나의 큰아들이 소식을 듣고 내려와 이제 더 이상 아버지가 어머니를 나무라지 말라며 "말 한마디 어머니 심경에 아픔이라도 오면 우리 가족은 무너져 더 속상합니다. 하나 있는 이모가 잘 살아가는 모습 볼려고 하다 보니 빚을 떠맡게 된 일이니 살다보면 갚을 날이 올 것입니다." 화난 아버지를 이해시키려는 아들의 말, 남편도 이 시간 이후부터는 절대 엄마 앞에 성가신 말 안 하겠다 하며 화해를 했다. 남편의 봉급으로 8 년 동안 보증 빚 갚느라 아이들 과일 한 개 못 사주었다. 그래도 남편은 봉급 탄 돈 어떻게 쓰느냐 한 번도 나에게 물어본 적이 없었다.

나는 남편이 속 깊고 하늘같이 넓은 참 좋은 분이라는 고마움을 갖고 산다.

동생은 우리와 소식 끊고 전화 한 통 없이 살아오다 나간 지 팔 년쯤 되었을 때 동생 시아주버님 사돈으로부터 동생이 저 세상갔다는 전화를 받았다. 너무도 엄청난 사실 앞에 어안이 벙벙하고 힘이 쭉 빠졌다. 육지 어느 곳에서 사망해서 그 사돈네가 장례를 잘 치루어 주었다. 동생이 세상에 없다는 말을 4 년이 지난 지금도 어머니에게 전하지 못하고 있다. 동생이 고향을 떠날 때 말 한마디 없이 가 소식도 없고 빚은 언니에게 떠맡기고 간 사실을 다 알기 때문. 큰사위보기도 미안하고 작은사위 잘못 만나 작은딸이 고생하는구나 생각 끝에 화병이 되어 몇 번 쓰러지고 결국은 뇌이상 치매까지 오게 되었다. 몇 년 병원 생활하다 지금은 요양원에 계신다. 고통 중에도 작은딸을 걱정해 전화 오느냐 묻는다. '저세상 갔습니다.' 얘기를 차마 못하고 있다. 생각해 보면 결혼 전 우리 세 식구는 넉넉한 살림은 아니지만 그래도 행복 했는데 집안에 한 사람 잘못 들어와 한세상 고생만하다 말없이 저세상 가버린 동생을 생각하면 가슴이 너무 아프다. 그렇지만 동생을 위해 주일마다 성당에 가 앉으면 좋은 데 가게해달라고 주님께 기도하고 있다.

2008년

잊지 못할 꿈 속 이야기

나는 밤이면 밤마다 꿈 속 세상을 즐기다 깨어난다. 어떤 날은 소름이 끼칠 정도로 무서운 마귀를 만나고, 도둑놈도 만난다. 무서움에 떨다 "어머니"하면서 획 돌아설 때 깨어난다. "아, 꿈이었구나. 그럼 그렇지. 후"하면서 안도의 숨소리가 저절로 나온다.

40년이 지났는데도 잊혀지지 않는 꿈 속 이야기가 있다. 연년생으로 아들딸을 낳아 둘째가 백일 쯤 된 때 또 셋째가 임신되었다. 입덧이 너무 심해 밥 한 톨도 못 먹고 물도 한 모금 입 속에 넘기지 못했다. 하루 종일 쓴 쓸개즙까지 토해내고 부엌음식 냄새가 몸과 마음 뼈 마디마디까지 느글거리는 고약한 입덧이 계속되었다. 빈혈로 휘청거리며 하루를 넘기기 너무 힘들었다. 보름이 지나가니

이대로 더 참지 못하겠다는 생각뿐이었고 오늘 밤이 지나면 병원에 가 유산시키기로 마음먹었다.

잠이 들었는데 바로 그날 밤 꿈속에 하늘에서 큰 용이 긴 꼬리를 흔들며 머리를 향해 마구 불을 뿜어댔다. 불을 맞으면 죽을 것 같아 무서움에 떨며 개천가 물속으로 풍덩 들어가 숨었다. "어머니, 어머니" 큰 소리를 외치며 불렀다. 그 때 잠자던 남편은 나를 흔들어 깨워주었다. 왜 그러느냐 하길래 금방 꾼 무서운 꿈 속 이야기를 했다. 아침 9시 병원 문이 열리자 의사와 상담해 유산을 하고 돌아왔다. 몇 시간이 지나니 정신이 맑아지고 입맛이 돌아와 정신없이 허기진 배를 음식으로 채웠다. 1개월 후 셋째를 또 다시 가졌다. 지금 그 딸이 39살이다. 이제 생각하면 그 때 용꿈을 꾼 아이가 큰 인물이 될 아이였는데 철없이 지워버린 행동이 후회가 된다. 나와 인연이 없었구나 마음속으로 말해보기도 한다.

잊지 못할 두 번째 꿈이 있다. 10년 전 꿈 속에서 나는 부엌에서 서성대는데 무서운 귀신이 섬뜩 스치는 느낌이 있어 "어머니"하면서 거실 쪽으로 돌아섰다. 꿈 속 거실에는 성탄 때 트리로 쓰는 새파란 잎이 많이 달린 큰 나무가 있었다. 나뭇가지 위에 서있는 두 분 성모님이 나를 지켜보고 있어 "감사합니다 성모님"하면서 깨어났다. 우리 집에는 큰방 화장대 위에 큰 성모님 상이 있고 거실,

책상 위에도 작은 성모님 상이 놓여있다.

그 꿈을 꾼 후 집안에 안 좋은 일이 있었다. 특히 작은아들이 교통사고로 죽을 고비를 넘기고 6개월 병원 생활을 했고 다행히 잘 치료되어 직장 생활을 하고 있고 그 후로 아들에게 큰 병이 생겼다. 의사도 기적이라 말할 정도로 기적적으로 살아나 집안에 그늘이 없어졌고 그 사이 작은아들은 결혼하여 건강한 두 아들의 아빠가 되었다.

믿거나 말거나 나는 믿는다. 두 성모님이 우리 가정을 지켜주는구나 감사의 기도를 잊지 않고 하고 있다.

세 번째 꿈 이야기, 지금은 세상에 없다. 단 하나 밖에 없는 나의 여동생, 칠년 쯤 되었다. 어느 날 깊은 잠을 자고 있는데 장소는 기억이 안 나는 곳에서 동생이 삼십 미터 거리를 두고 단발머리에 무표정한 얼굴 모습으로 아무 말 없이 나를 바라보며 천천히 걸어 나가는 모습을 보고 깨어났다. 이상했다. 그간 헤어져서 5년 동안 전화 한 통 없었던 동생이 무표정한 얼굴로 나타난 것이다. 10년 전 동생 부부는 모래사업을 하다 친정어머니와 나에게 무거운 부채를 떠맡기고 소리 없이 고향을 떠나 버렸다. 어머니는 화병으로 뇌졸중이 와 자리에 누어서 살았다. 병석에 있으면서도 작은딸 소식을 듣고 싶어 전화라도 없느냐 물을 때면 마음이 아팠다. 그럴 때마다

나는 어머니에게 무소식이 희소식이니 걱정하지 마시라며 어머니의 애절한 마음을 가로 막았다.

꿈을 꾸고 2개월 쯤 지났다. 8월 한 여름 동생 시아주버님을 통해 동생이 세상을 떠났다는 전화가 온 것이다. 어느날 어느 시간에 무슨 일로 세상을 떠난 것인지, 타살이지, 자살인지도 밝히지 못했다고 했다. 얼굴이 몰라볼 정도가 되어 전화 핸드폰 추적으로 간신히 행방을 찾았다고 했다. 동생의 시아주버님이 장사를 치러 주었다.

생각해 보면 꿈을 꾼 그날이 동생이 이 세상과 하직한 날이 아닌가 싶다. 어머니와 언니에게 무거운 빚을 떠맡기고 미안하고 슬픈 마음을 갖고 떠나면서 그 혼령이 나의 꿈에 나타난 것이라 믿고 있다.

다음 해 여름 음력 6월 어느 날 꿈에서 동생을 보았다. 꿈을 꾸고 난 뒤 동생의 1주기가 된 것 같아 성당에서 봉헌 미사를 드렸다. 몇 년 째 주일 미사를 보러 가면 제 명을 다하지 못한 동생을 위해 마지막 꿈 속 모습을 떠올리며 기도한다. 돌아가신 아버지 어머니와 같이 만나 평화를 누리게 해주십사 빠뜨리지 않고 기도하고 있다.

나는 꿈속에서 상상을 초월하는 생각지도 못한 수많은 사람들을 만난다. 때와 장소를 가리지 않고 매일 밤 꿈을 꾼다. 후세 영원한 영혼의 세계도 꿈 속 세상일 것만 같은 느낌이다. 남은 세월 고운 마음으로 살아가야지 다짐하곤 한다.

나 자신을 돌아보며

아련하게 떠오르는 유아시절.

아버지 얼굴도 안보고 자란 나는 아버지 있는 아이들을 보면 아버지란 단어 한번 불러보고 싶은 마음이 굴뚝 같았다. 아버지는 4·3을 피해 일본에 가 있다는 것을 칠세 때 나는 알았다. 어머니, 나, 동생 세식구 가난하고 늘 외롭게 자란 유소년시절.

성품이 조용하고 착하게 커서 동네에서 순하고 착한 아이로 칭찬을 많이 받았다. 어머니가 지어준 순자라는 한자명을 풀어보면 순할 순, 아들 자, 마음에 악의적인 성품이 없었던 것 같았다. 15세 이후 그 시절 성안, 지금 제주시로 살러왔고 가난의 연속이었지만 어머니가 동문시장에서 장사를 하여 경제면은 많이 나아졌다.

17세 이후 공부를 더 하고 싶어서 얼굴도 기억이 안 되는 아버지를 찾아 현해탄을 건너려고 밀항선을 탔다. 몇 분 후 가덕도 진해 앞바다에서 경비선에 검거되어 형무소 감방생활도 했다. 감방 속 변기통 옆에 누워 잠을 잤었다. 그 시절은 지금같이 누구든지 여행비자를 내어 외국에 갈 수 있는 시절이 아니었다. 아버지가 초청장을 보내오면 갈 수 있었는데 일본 여자와 가정을 이룬 환경이라 딸을 불러주지는 않았다. 더 이상 하고 싶은 공부는 여기서 끝냈다.

26세 되던 해 어느 여선생님의 소개로 쌀쌀한 초봄 남편을 만나 두 번 만에 결혼 승낙. 1개월쯤 됐을 때 약혼하고 그해 10월 달 결혼해서 그 다음해 7월 달 큰아들을 낳아 2남2녀 자식을 낳아 키웠다. 남편 역시 착하고 조용한 성품으로 한집에 두 어머님이 있어 눈치도 보았고 우리부부는 잔잔한 사랑 재미 표현 못하고 살았다. 나는 어릴 때 늘 외롭게 살았던 기억을 생각하며 두 어머니 모시고 아이들 키우는 보람으로 바쁜 날들을 보냈다. 여덟 식구 식탁에 다 모여 앉아 숟가락 부딪치면서 밥먹을 때 행복을 느꼈다.

늘 건강하셨던 시어머니는 팔십대에 첫 뇌졸중이 왔다. 병원과 한방으로 찾아 치료를 다녀서 빨리 회복되어 10년은 아주 건강히 사셨다. 95세 되던 해 두 번째 중풍이 와서 어머니는 말문이 닫혔었다. 용한 한방침술로 20일 만에 회복되어 걸음도 잘 걷고 말도 잘

하게 되어 건강을 되찾고 98세까지 노인정에 당신 혼자 놀러 갔다 왔다 하셨다. 100세에 치매 시작하고, 101세 여름 아침에 조용히 곱게 눈감으셨다. 며칠 있으면 10주기 제삿날이 돌아온다. 친정 어머님은 내년이면 90세인데 몸 상태가 아주 안 좋은 상태다. 어머님은 팔십 세 되는 해 뇌졸증이 왔고 치매까지 와서 딸의 말을 안 듣고 마냥 돌아다니는 것을 좋아 했다.

어느날 길 걷다가 주저앉아 엉덩이 고관절이 부서져 두 번 수술로 연속 병원생활. 형제가 없는 나는 집안 살림하랴 어머니 병원 간병하랴 내 생에 제일 고달프고 힘이 들었다. 하나 있는 여동생은 10년 전 아무도 모르게 소리 없이 남편의 사업부도로 육지에 나가

살다 저 세상 갔다는 소식을 듣고 마음이 너무 아프지만 어머니에게도 말 못하고 동생에 대한 추억은 잊고 살아가려고 담담히 산다.

지금 어머니는 당신 힘으로는 어떠한 움직임도 못해 요양원에서 살고 있는 중이다. 어떤 날은 친정 어머님 앞에 죄인이 아닌가 송구스런 마음 가슴이 아프게 저며 올 때가 있다. 가끔 나는 남편과 같이 정기적으로 방문한다. 어머니 손을 잡으면 어린아기가 되어버린 어머니의 눈매. 한참 그동안 살아온 얘기를 주고받고 놀다 돌아오면서 나는 마음속으로 눈물을 삭히면서 남편에게 내색을 안 한다. 두 딸만을 바라보며 27세 때부터 한평생 홀로 한 많은 세상을 살아온 어머니, 친정어머니의 말년은 시어머니와 대조적이다. 병환으로 고생을 하다 돌아가실 것을 생각하면 가슴이 아프다.

나는 학교 시절 수녀님이 나를 가난하게 보아서였는지 눈여겨 친절히 대해준 덕택에 20대 이후 세례를 받고 신앙생활을 열심히 해서 이웃에 어려운 이들을 보면 나의 부모님, 우리 할머님, 할아버지 같아 측은지심이 들었다. 결혼 후에도 그런 분들을 찾아뵈었고 살림기반이 잡힌 50대 이후는 한국복지재단에 찾아가 자원봉사자 신청을 해서 지금까지 15년 봉사활동 중이다.

한 분 할아버지는 10년 돌보아 드리다 양로원 입소해서 87세에 돌아가셨다. 한 분 할머님은 90세에 알고 세례 교리를 할머니 집으로

찾아가 6개월 동안 일주일에 2시간 이상씩 가르쳐드려 신부님 수녀님 면접시켜드려 영세 세례를 받았고, 105세 때 곱게 잠자다 돌아가셨다. 또 한분 할머님은 산천단쪽에 살았는데 7년쯤 유대를 갖다 살다가 치매가 와서 이시돌양로원에 모셔가 입소해 살다가 나의 동서와 같은 나이에 85세 때 같은 날 돌아가셨다.

요즘도 나는 일주일 생활 중 절반은 봉사로 지내고 살아간다. 13년째 노숙자 점심준비, 올봄 황사평 애덕의집 장애자 운동도우미시작. 이 나이에도 봉사 부탁이 오고 있어 너무 고맙다. 생각해보면 봉사생활이 없었더라면 이 세상 살아가는데 의미나 보람 없이 재미가 없을 것 같다. 나의 손끝으로 육체적 정신적으로 어려운 분들께 도움을 드렸을 때 그분들이 웃고 좋아하면 나는 몇 배 더 마음의 보람으로 행복을 느끼곤 한다. 나는 내 자신에게 쓰는 편지에서 나에게 점수를 주라면 80점 이상은 주고 싶다. 지금까지 더불어 살아왔고 끝까지 더불어 살아가야지.

순자 힘내, 파이팅!

자신에게 쓰는 편지 2008년 7월 더운날

꽃과 같은 아름다운 삶

일곱 식구의 가족을 조건 없는 사랑으로 무조건 베풀며 살아온 지난 날. 길다면 길고 짧다면 짧은 오십 고개를 넘은 내 나이. 이마에는 주름이 하나둘 잡혀간다. 1995년은 뜻 깊은 해다. 사남매를 마지막으로 막내 대학에 보내고 나니 무거운 짐을 벗은 심정으로 몸과 마음이 홀가분하면서 허전함이 느껴진다.

2월 달 지방신문을 보다 근로가족 주부취미교실 강좌 접수란을 읽고 '늦지 않았어. 지금부터는 나 자신을 개발해 보자'는 욕망이 솟구쳐왔다.

반가운 마음과 감사하는 마음으로 이웃에 사는 친구들에게 늦었지만 취미교실 시작하자고 전화를 걸어 주었다. 모두들 고맙다

하면서 8명의 친구들은 홈패션, 수직, 꽃꽂이 등 각자 우선 하고 싶은 취미교육을 선택해서 접수하였다. 그 중 4명의 친구들과 함께 나도 꽃꽂이 강좌를 시작해 월요일과 수요일은 만사를 제쳐놓고 부지런히 젊은 주부들과 같이 어깨를 겨뤄 뒤질세라 선생님 눈앞 맨 앞좌석에 앉았다. 선생님 손에 든 꽃이 어느 위치에 꽂으면 각도가 맞는지, 동작 하나하나를 놓치지 않았다. 꽃꽂이반 30명은 숨소리도 들리지 않을 정도로 열심히 배워보고자 하는 열성이 대단했다. 작품이 완성되면 선생님은 깐깐하게 잘못된 곳을 지적하고 고쳐주며 잘해보라는 격려를 해주었고 선생님의 지적에 귀를 기울이며 어린 아이들처럼 "제 것도 검사해주세요"하면, 끝까지 한 작품도 빼놓지 않고 지적해 주는 자상한 선생님.

지난날 어떤 장소에 가서 꽃꽂이 해놓은 것을 보았을 때 보통사람들과는 거리가 먼 작품으로만 느껴 감상할 줄을 몰랐다. 나에게도 이런 좋은 기회가 와서 꽃꽂이를 배우고 보니 야산에 많이 피는 찔레꽃이랑 억새꽃들을 무심코 보아왔던 나의 마음이 부끄럽다. 실습했던 꽃을 집에 와서 꽃꽂이 해놓으면 아름다운 예술작품을 보는 것 같아 마음이 흐뭇해진다. 요즘 우리 집에는 현관부터 거실, 안방까지 꽃가게 같은 착각이 들 정도로 아름다운 분위기에서 살고 있다.

워낙 말이 없으신 97세 시어머니도 어느 날 국화향기를 맡으시는 모습을 보았을 때 어느 동화책에서 보는 아름다운 모습이었다.

올가을에는 다래넝쿨과 들에 빨갛게 익은 찔레 열매가지랑 억새꽃 여러 송이 곁들여 큰 작품 만들고 그 옆에는 노랗게 익은 늙은 호박으로 장식해 집안을 환하게 꾸며놓아야겠다.

연로하신 두 어머니와 남편, 아이들도 '엄마 솜씨 최고야!' 칭찬해 줄 때 나의 얼굴에는 생기가 돌고 꽃과 같이 온 식구가 즐겁고 아름답게 살아갈 것만 같다.

1995년 10월 수료소감

바쁘게 살아온 나날들, 보람으로 행복하다

우리 부부는 늦깎이로 결혼해 한 살 터울로 셋을 낳아 삼 년을 쉬었다 올해 33세 되는 막내아들을 낳은 해가 내 나이 33세 되던 여름이었다. 친정어머님은 같이 살고 계셔서 손자들을 분만할 때면 산모인 딸 산후조리를 해주었다. 메밀수제비, 미역국을 지겹게 매일 먹었던 생각이 난다. 꼭 일주일 조리해 주시면 이젠 후유증 없나 하시며 어머니 소일거리 장사하러 동문시장에 나가셨다. 벌써 사 십 년 전 일이다.

요즘은 그 애기들이 자라 장가가고 시집가서 손자들을 낳을 때면 조리원에서 보름, 집에 와서 일주일 쯤 친정 어머니인 내가 나의

엄마가 해주었던 것처럼 지극 정성으로 보살펴 주어서 저희들 사는 집으로 보낸다. 지금 생각해보면 산후조리는 일주일쯤만 해도 살아가는데 후유증은 없다. 지금 나는 아주 건강하게 잘 살아가고 있으니 하는 말이다.

27세 때 첫 아기를 낳아 33세 때 막내를 낳고 정신없이 바쁜 날들을 보냈다. 등에는 아기를 업고 양 손에 두 아이를 데리고 동문시장에 반찬 사러 다니던 몇 년은 아기보따리를 등에서 떼어 본 날이 없었다.

내 나이 35세 때 시골에 계신 시어머니도 같이 살게 되어 식구는 두 어머니와 사남매, 우리 부부 모두 여덟 식구로 대가족이 되었다. 결혼 전에는 어머니와 여동생 하나로 셋이 너무 외롭게 살아온 나는 가족이 모두 모여 식탁에 둘러앉아 숟가락 걸리며 먹는 모습에 행복함을 느꼈다.

결혼 6년 만에 집을 마련해 빚도 약간 있고 삶이 궁색해 쌀통 밑바닥이 보일 때도 많았었다. 친정 어머님은 딸도, 손자도 모르게 쌀통에 쌀을 채워 넣어주곤 하였다. 손자들의 간식으로는 붕어 풀빵도 자주 사주었다. 지금은 서울의 모 대학에서 교수로 있는 큰아들이 하는 말이 어릴 때 외할머니가 우유를 받아먹을 수 있게 해주어서 지금 이만큼이나 키도 컸다고 한다.

아이들 유아일 때나 초등학교인 시절에는 과일 한 개도 안 사먹었다. 매월 가계부가 적자였다. 지금은 여유가 생겨 과일을 사다 집에 놓아도 어릴 때 안 먹어서 과일 맛을 모르는지 과일을 좋아하지 않는다. 왜 그렇게 어렵게 살았느냐 의문이 날 것이다. 그 시절에는 선생님 봉급이 적었다. 하지만 집 장만한다는 꿈을 갖고 은행 적금을 많이 붓고 남은 적은 돈으로 생활했다. 그런데다 집 장만 한지 얼마 안 되어 남편은 학생 때 못 다한 대학원 공부를 했으면 하는 의견 제의가 있어 나도 가난해서 못 다한 공부가 한이 되어 40세 되어도 하고 싶다니, 끝까지 밀어드리겠노라 용기를 드렸다.

남편이 시험 보러 간 사이 옆집 구멍가게를 판다고 해서 이 가게를 사서 담뱃가게라도 하면 우리 식구 굶기지는 안겠지 판단해 200m 떨어진 친한 쌀가게 아는 주인 앞에 찾아가서 계약금 70만원을 빌려와 계약했다. 시험보고 집에 돌아온 날 남편은 깜짝 놀랐지만 나의 의견을 따라주었고 손수 지어 살던 집을 팔고 잔금을 다 치르고 가게를 인수했다.

고만고만한 어린애들을 데리고 장사를 시작해보니 동네에 하나밖에 없는 가게라서 잘 되었다. 한 2년 동안은 새벽부터 밤늦게까지 억척스럽게 살았다. 큰아이가 초등학교 갈 때쯤 도저히 아이들 뒷바라지하기가 힘들어 남에게 임대를 내주었다. 지은 지는 약간

오래된 건물이지만 2층이고 또 한 채가 따로 있어 두 세대 세를 주고 나니 삶에 큰 보탬이 되었다.

그 사이 남편은 승승장구 석사, 박사까지 모두 끝내고 남편 나이 49세 되는 해 교수가 되었고 그동안 허둥지둥 살아온 나날들이 꿈만 같았다. 용케도 사남매는 건강해서 병원에 한두 번 이상 가본 적이 없다. 그 때는 약국에서 아이가 어떤 증세라고 하면 얼마든지 병원 처방 없이 약을 지어주던 시대였다.

그 시대 아기 키우는 엄마들은 의사, 약사 노릇을 다 해냈다. 우리 집 단골 약국은 동문시장 근처의 안일약국이었는데 지금은 없어졌다.

두 어머니도 건강하였다.

몇 년 동안은 부채를 안고 살아 왔는데 남편이 대학에 근무해서 몇 년이 지나고 나니 부채를 모두 갚았다.

큰아이가 중앙중학교에 입학을 해서 반 편성 시험을 보았는데 전체 수석으로 들어가 아들 덕택으로 중학교 어머니회장도 몇 년 했었다. 그 때 시내 중·고등학교 어머니 회장 모임이 친목회로 결성되어 그 모임이 25년간 지금까지 한 달에 한번 모여 식사를 하며 아이들 성장해 성공하는 이야기들로 꽃을 피운다.

그 때 내 나이 45세 때 이제는 시간도 여유가 있고 경제도, 집안

살림도 안정 됐으니 나 자신의 계발을 해야지 하는 배움에의 욕구가 솟구쳐 올라왔다. 지방 신문을 보고 시에서 하는 교육 프로그램이 있다 하면 쫓아서 많이 다녔다. 헤어커트, 머리 깎기 교육, 꽃꽂이 교육, 자원봉사 교육, 요리학원 수료, 산모 간병사교육으로 수료증을 여러 개 받았다. 시청에서 하는 프로그램에 따라 다니니 큰돈은 안들이고 다녔다. 50세 때 요리사 자격증으로 한식, 중식 자격증을 두 개 따내니 젊은 사람들도 시험 실패를 하는데 용하다는 칭찬을 많이 들었다.

또 나는 봉사자 교육을 받고 난 후 어디 봉사할 곳이 있다면 뛰어가 나의 집안일 못지않게 도와드려야만 나의 마음이 더 편안해지곤 해 봉사가 운명같이 느껴진다.

15년 전 요리사 자격증을 따고 난 다음 50세부터 한국복지재단에 찾아가 자원봉사자로 등록해 오늘날까지 15년 동안 봉사하고 있다. 매주 수요일은 시청 어울림쉼터에서 노숙자 점심식사 봉사를 하는데 13년 째 사계절 눈이 오나 비가 오나 매주 수요일은 한 번도 빠지는 날 없이 따뜻한 점심을 먹을 수 있도록 요리한다.

그 사이 나는 남녀노소 가리지 않고 소외된 사람들을 만나고 있는데 어머니는 없고 아들만 셋인 형제를 알게 되었고, 혼자 외롭게 살아가는 김○○할아버지, 황 할머니, 김우리 할머님 등 특별히 신경

써서 돌보아 드리다 혼자 거동이 어렵다 생각이 들면 양로원으로 입소시켜 드리는 일을 했다. 그렇게 하고 나면 옆의 할머니, 할아버지들이 친구가 되니 안심이 되었다. 5년 전 85세, 90세를 일기로 다 돌아가셨다. 지금도 기도를 하다보면 그 분들이 떠오르곤 한다.

이제 65세가 되었지만 성당, 애덕의집 장애인 봉사, 노숙자 급식 봉사 주3일은 봉사를 하고 있다. 이 나이에도 봉사를 하라고 불러주는데 가 있어 더불어 사는 행복함을 느끼며 건강히 살고 있다.

이제 대가족은 어디가고 큰 집에는 남편과 작은 아들 하나, 두 부부만 소가족이 되어 단출하게 밥 먹는 날의 연속이다.

끝으로 나의 삶을 말없이 지켜보는 남편에게 고마운 말을 전하고 싶다.

2008년

6인실 간병사의 하루

나는 보았다. 간병사 어르신이 하는 일을. 침대 옆에서 환자의 발을 씻기고 있다. 칠십오 세 할머니 간병사. 가족은 아니라고 했다. 육십 전후로 보이는 체격이 큰 남자 환자는 뇌경색으로 전신이 마비되어 쓰러져 병원으로 실려왔다 한다. 뇌수술과 다리 한 쪽을 수술한 환자를 간호하는 할머니는 두 시간이나 잤나. 새우잠을 자고 뜬눈으로 시간을 보내는 날이 많다고 했다. 할머니는 몇 년 전 간병사 교육을 받고, 일을 시작해서 이제는 손이 익숙해져 그리 어렵지 않다고 하였다.

새벽녘 눈을 껌벅거리다 살며시 일어나 앞과 옆 침대를 보았다. 고요했다. 남편도 잠을 자고 있다.

옆에 젊은 남자 환자는 두 달 째 뇌수술 후유증으로 밤새 열이 오르락내리락하고 있다. 머리 통증이 심해 센 진통제를 놓아야 하고, 새벽녘이 되어서야 겨우 잠을 자고 있다. 어머니가 옆에서 간호하고 있다.

창가 옆 11세 소년은 학교에 가다 교통사고를 당해 온몸이 부서져 머리만 양호했다. 손가락 하나 까딱 움직이지 못해 엄마가 미음 죽을 찻숟가락으로 떠넣어 생명을 유지해 가고 있다. 모든 근육 신경이 정지된 지 6개월 째.

신경 하나라도 회복되기를 기원하는 삼십 대 후반의 어머니는 모성애가 강했다. 새벽 다섯 시에 일어나 밤새 아들의 가슴에 고였던 가래를 한참 비닐 호스로 빼주고 있다. 큰 소리도 못내는 근육 전신마비. 엄마는 아들아 참아 폐 속에 가래가 많아서 그래. 호흡곤란 오는 것을 예방하는 거야. 이제 시원하지, 착하다 우리 아들 하며 계속 아들에게 말을 걸고 있었다.

엄마는 의료기를 갖고 전신 마사지를 해주고, 기저귀를 갈아주고, 일곱 시에 미음 죽을 먹였다. 어린 소년은 아프다는 소리인지 작은 목소리로 겨우 호소하는 것 같았다. 소년의 엄마는 슬픈 표정은 없고 예쁜 소리로 아들 앞에 많은 대화를 들려주며 간호를 하고 있다. 우리 아들 최고야. 할 수 있어. 일어나 학교도 다니고 그러려면

많이 먹어야 해. 바나나도 으깨서 약간씩 먹어보고 있다고 했다. 항상 밝은 표정을 지었다. 바라보는 나도 밝은 긍정의 대화를 나누어 주었다.

오른 쪽 옆 환자 81세 할아버지는 혈압으로 쓰러져 머리 수술 받고 식물인간이 되어 몇 개월째 80세 부인 할머니가 간호를 하고 계시다. 자식들은 있어도 삶의 현장에서 뛰다보니 간병은 늙은 어머니의 몫이다.

어제는 내 마음이 아주 아팠다. 오십 대 젊은 환자 부인, 행동과 얼굴 표정이 몹시 불안해 보였다. 살며시 다가가 남편의 병을 물어보았다. 뇌종양인데 악성에 가깝다고 한다. 수술이 안 되니 퇴원해서 매일 통원하며 50일 동안 방사선 치료를 받아야 한다고 했다. 먼 지방에서 온 환자인데 숙박할 방을 구하여 퇴원한다고 했다. 눈물을 글썽거렸다. 남편은 체념이라도 한 듯 어두운 심정을 애써 감추려는 얼굴로 말했다. 언젠가는 한 번 가는데 두렵지 않습니다. 부인을 보고는 걱정마. 나 오래 살아갈거야. 요즘에는 방사선 치료도 잘 되어 성공하는 환자가 많아, TV에서 많이 보았어하며 안심시켜 주었다.

무슨 말을 해줄까? 생각 끝에 음식 식단을 잘 짜 먹으면 어떠한 암에도 기적같이 도움이 되어 회복된다는 말을 해주었다.

책방에 가서 대체 음식에 대한 책을 사보라고도 권했다. 암에 맞는 녹즙과 신선한 채소, 과일이 좋다는 것을 권했다. 병원에서도 지쳐 포기한 환자들이 마지막 대체 음식으로 암을 극복해 기적같이 살아난 사람들을 소개한 책들이 있다고 하니 젊은 여자는 고맙고 불안한 마음이 가라앉는다고 했다. 하나 둘 짐을 꾸리고 퇴원하는 뒷모습을 보니 마음이 짠했다.

하루에 18만원하는 2인실에 일주일 살고 6인실로 온 지 벌써 11일 때. 남편은 뇌수막종양으로 뇌수술을 받고 6일째 회복이 빠르다. 매일 피검사, 가슴 사진 찍으러 다녀오고 한 움큼씩 먹는 약, 시도 때도 없이 가끔 놓아주는 주사, 아픔도 있으련만 짜증 한 마디, 찡그리는 얼굴을 하지 않았다. 다섯 시간 동안 받은 뇌수술, 머리 통증이 있을 수 있다는데 통증은 전혀 없다했다. 약간의 어지럼증만 있다고 했다. 회진 오신 의사 선생님은 76세 나이에 비해 젊은 사람 못지않게 회복이 빠르고 조직검사 결과 양성종양이니 아무 걱정하지 마시고 실만 빼면 퇴원해도 된다고 웃으시며 말씀하셨다. 우리 부부도 감사인사를 했고 기분이 아주 좋았다.

옆에 있는 환자, 환자 가족, 간병사들 모두 그 사이 정이 들었다. 대화도 많이 나누었다. 특히 같은 카톨릭 종교인도 있어 통하는

마음도 있었다.

제일 힘들었던 것은 간호할 때 잠자리가 변변치 못해 새우잠을 잔 것이다. 의자를 펼쳐 놓아 잠을 잤기 때문이다. 덮은 이불이 병실바닥에 떨어져 병균이 내 몸에 흡수될까봐, 영 잠이 안 들었다. 이틀을 뜬 눈으로 지내며 궁리 끝에 작은 사위한테 신문지 몇 장 갖다 달라고 부탁했다. 신문지와 50센티 폭 작은 스티로폼을 의자 밑에 깔고 자니 이불이 떨어져도 안심이 되었다. 내 집 안방에서 자는 기분으로 몇 시간 자 보았다. 병실 바닥 병원균이 내 몸에 붙을지도 모른다는 불안한 마음이 없어졌다.

퇴원할 때는 옆 환자의 보호자 할머니한테 신문지를 의자 밑에 깔고 주무시라고 권해주었다. 돈을 받는 간병사나, 환자의 가족이나 24시간 간호하다보면 여간 힘이 드는 게 아니다. 의자 위에서 쪼그리고 새우 잠을 잔다 해도 다 참아낼 수 있지만, 순간 이불이 바닥에 떨어져 균이 몸과 손을 통해 면역력이 약한 환자의 몸에 전해지지나 않을까 염려가 떠나지 않았다.

말하고 싶다. 가족이나 간병사들은 간호하다 보면 몸과 마음이 지쳐있다. 잠시 눈을 붙이더라도 병실바닥 균이 덜 붙는 개선책이 없을까? 병원 관리 실장님들이 생각할 때라고 본다. 어렵고 가난한 옛날 병실 모습이나, 선진국이 된 지금의 병실 안 모습은 별로 변한

것이 없는 것 같다.

서울에서 제일 큰 S병원에서 열사흘 동안 간병하면서 느낀 바다. 간병사의 피로를 덜어줄 잠자리 해결이 언제면 올는지.

두번째 이야기

식구들 모두 사랑한다

두 어머님의 함박웃음

어느 날 남편의 직장부인모임을 갖는 날이다. 한분이 YWCA 간부 회원님이 있었다. 프로그램 교육생 모집이 있는데 배워보라는 설명이었다. 나는 귀가 쫑긋해서 그날 YWCA를 찾아가 가족을 위한 헤어컷트 반에 신청서를 내고 열심히 다녔다. 이십대에서 육십대 사이 20여 명 교육생들의 배우려는 열기는 대단했다.

만삭이 된 임신부, 그나마 세 살 꼬마아들까지 옆에서 놀게 하면서 배웠다. 깐깐히 잘 가르쳐주는 선생님의 말 한마디, 머리 자르는 동작하나 하나에 눈과 귀를 기울려 숨소리도 조용했다. 나는 오십육세, 이십대의 젊은 주부들과 뒤질세라 "선생님 저가 자른 머리 검사해주세요." 하고 자주 지도를 받았다. 눈웃음과 애교를 섞어가면

서 "어머님, 멋있게 잘 자르셨습니다." 칭찬하면서 자상히 가르쳐주던 선생님의 지도말씀 감사합니다. 어느새 졸업 날이 다가왔다.

100세 시어머니와 팔십 된 친정 어머니를 모시고 있는 나에게 특히 두 어머님이 중풍으로 거동이 안 되는데 미장원가서 머리 자르기란 여간 힘든 것이 아니었다. 그러나 요즘에는 하얗게 변해버린 두 어머니의 머리카락을 자르는 것은 내 차지다. 자신 있게, 예쁘게, 어머니의 머리를 만지며 옆으로 보고 앞으로 보고 또 보고 예쁘게 커트해드렸다. 시어머니도 어린이처럼 웃고 친정 어머니도 같이 늙어가는 줄만 알았는데 머리 자르는 재주가 있다며 함박웃음을 웃는다.

YWCA 헤어컷트 배움이 두 어머니를 행복한 웃음으로 꽃을 피워주어 감사, 감사 또 감사하는 마음으로 살아간다.

1998년

너그러운 마음으로 곱게 살다 떠나신 시어머니

어머니 나이 39세 때 막내아들을 낳았다 했다.

자기 집안 설명 중 남편은 삼남 삼녀 육남매 중 막내라고, 그러고 보니 결혼 당시 남편이 나이 33세이고 시어머니 나이는 72세여서 첫 번 만나 인사를 드렸을 때 나는 깜짝 놀랐었다. 나의 외할머니 연세와 비슷하게 느꼈기 때문이다. 시아버지 나이도 팔십이셨고.

늦게 가진 막내 애기를 그 당시는 유산도 못하고 병원에 갈 때도 아니고 해서 낳은 막내 애기가 나의 남편이었다. 제주시 터미널 동네가 남편의 고향이고 동문통에 사는 나를 알게 돼서 시어머니가 늘 걱정하였던 작은아들 결혼을 시키게 되었다. 결혼해서 한 살 터울로 아이를 갖다 보니 사남매를 낳았고 결혼 8년 후 시어머니를

모시게 되었다. 우리 결혼 1년 후 큰아주버님은 돌아가셨고 둘째 아주버님도 혼자 몸이 되어 서울에 사는 조카하고 같이 사는 형편이라 작은아들이지만 자연스럽게 같이 살게 되었다.

한평생 농사만 지으시던 어머님이어서 팔순이 다됐어도 마당 텃밭에 야채를 심어 내다 팔정도로 늘 건강하였다. 직장에 나간 아들이 집에 들어오기 전 장에 갖다 오겠다고 아들 모르게 해주라 하면서 나가면 어머니는 심심하지 않으니 나도 그 약속을 지켜드렸다.

그러던 어느 여름날이었다. 낮에 동문시장에 야채를 갖고 간 어머니는 저녁 먹을 시간이 되었어도 돌아오지 않았고 퇴근한 남편은 어머니가 안보이니 어디 갔느냐며 찾던 중에 어머니가 돌아오셨다.

할 수 없이 자초지종을 남편에게 말씀드렸다.

남편은 "어머니가 심심하셔서 그런 것 같구나. 그래도 나이가 팔순이신데 교통사고라도 나는 날이면 걱정되니 야채 내다 파는 일은 안했으면 좋겠다. 대신 노인정을 찾아 드려라" 해서 찾아보아도 그 당시는 동네 노인정이 없었다.

그 다음해 살던 집을 팔고 도남동으로 이사를 오게 되었다. 새 동네라서 아파트가 근방에 많이 들어섰다.

아파트 노인정을 찾아내고 팔십 세를 넘었어도 매일 동네 노인정에 출근해 시간가는 줄 모를 정도로 재미있게 놀고 오셨다. 지금

생각하면 1800년대에 태어나서 옛날어른이지만 참 멋진 성품을 지니신 분이라고 돌아가신 후에야 어머니 모습을 떠올리곤 한다.

어머니는 한없이 너그러우시다. 아들, 며느리, 손자까지 모두 일곱 식구. 애들이 초등학교 어린 때여서 사남매 손자들은 할머니 방에서 같이 텔레비전을 보고 마구 떠들어 대어도 시끄럽다고 야단한번 안했다. 그리고 며느리인 나에게도 잔소리 한번 안했다. 어머니는 백한 살 여름에 돌아가셨는데 이십 년 이상 고부간 갈등이란 한번도 없었다.

하루는 90세를 넘을 때였다. 머지않은 거리(아라동, 이도동)에 살고 있는 두 딸이 보고 싶어 기다리는 말씀을 해서 시누이 언니들에게 어머니를 보러왔으면 좋겠다 했더니, “우리 딸들은 생활고를 해결하느라 바빠서 오지 못한 것 같으니 내가 딸집으로 놀러갔으면 한다.”하셔서 몇 개월에 한 번씩은 시누언니네 집에서 며칠씩 살다 오시곤 했다.

며느리인 나를 시누이 사이와 편안하기 위해서 같은 말이라도 모난 말은 없었다.

그 당시 곱게 늙어 가는 어머니의 모습은 젊은 며느리도 따르지 못할 정도였다.

지금은 아이들 학교에 점심급식이 있어서 어머니들이 도시락 싸는

걱정이 없지만 그 시절 우리 아이들 학교 다닐 때는 상급학교 갈수록 2개 이상 가지고 다녔으니 한 살 터울 사남매 도시락은 여섯, 일곱 개. 일찍 일어나 준비하노라면 어머니도 일찍 일어나 세수 양치질하고 곱게 옷을 입고 텔레비전을 보셨다. 8시쯤 큰 식탁에 모여앉아 할머니 손자 다함께 똑같이 식사를 했다. 아침식사를 하고 나면 어머니는 두 번째 양치질을 하시고 고운 한복으로 갈아입고 햇빛 나는 날이면 모자 쓰고 양산 들고 손에는 가방 들고 반짝거리는 빨간 구두를 신고 노인정에 출근한다. 점심식사 끝에 또 양치질, 저녁식사 끝에 양치질, 어느 때이고 간식 먹고 난 다음은 또 양치질을 한다. 하루 평균 5회는 했다.

나도 어머니 하시는 모습을 보고 음식 먹은 다음 꼭 해 보았더니 안하면 입안이 답답함을 알았다.

지금도 습관이 되어 하루 3~4회는 해야 된다.

어머니는 당신 입는 옷은 98세까지 손수 방망이질을 해서 빨아 입으셨다. 남편도 어머니를 못하시게 하면 섭섭해 하고 심심하니 어머니 하고 싶은 대로 하라고 했다. 며느리가 도와드리는 것을 싫어하였다.

98세 때 이제는 노인정에 가지 말았으면 해서 의논을 드렸다. 그동안 뇌졸증이 두 번 있었다. 그때마다 한방효과를 보아 잘 넘겼었다.

그 외 다른 병치레는 없어도 정신력이 떨어지는 것을 느꼈다. 어머니는 하루 해가 지루하지만 자식의 말을 잘 이해해 텔레비전 보는 시간으로 나날을 보냈다. 한없이 너그러운 고운 마음으로.

백 살이 되었어도 고운 한복을 입고 현관 의자에 앉아 대문 밖 오가는 차 소리, 사람들을 보며 일과를 보냈다.

백일세, 일세기를 넘겨 유난히 더운 여름날 오전 10시쯤 운명하셨다. 다음 달이면 10년째 기일이 돌아온다.

나는 친구나 친척 내 아이들에게도 우리 시어머니 같이 너그럽고 곱게 사셨던 분은 없을 거라고 자랑한다.

나도 어머니 모습을 상상하며 '곱게 늙어가야지, 추한 모습을 아이들에게 보이질 않게 노력하면서 살아가야지' 다짐해 보곤 한다.

2008년

어머님과의 약속

시어머니는 98세까지 동네 노인정에 가 놀다 올 정도로 건강히 사셨다. 며느리인 나에게 한번도 싫은 얘기로 미움을 준 적이 없었다.

100세에 치매가 왔다. 하루는 밤 세 시쯤 일어나 어머니 방을 열고 보니 잠을 자고 있어야 할 어머니가 없어졌다. '추운 겨울 날씨인데 큰일났구나' 남편과 나는 큰 길가에 나가 찾기 시작했다. 몇 분 후 어머니의 손을잡고 걸어오는 고마운 남자가 이 추운 날씨에 한밤중 정처없이 맨발로 다니는 할머니를 보고 가까운 파출소에 신고를 했다고 했다. 백차까지 왔었다. "고맙습니다, 감사합니다" 몇 번이고 고개 숙여 인사드렸다.

치매란 병은 사람의 마음을 흐려 놓는 큰 병이다. 어느 때는 세 살

어린아기가 되어 대소변도 가리지 못하고 순간 순간 식구들도 몰라본다. '먼 훗날 나의 모습도 이럴 수가 있게 되겠지. 좀 더 잘 보살펴 드려야 되겠구나'. 측은지심이 들 때가 많았다. 한없이 너그러운 마음을 지니신 시어머님, 돌아가신 후에야 더 생각이 난다. 어린 손자들이 할머님 방에서 떠들며 TV를 보더라도 욕 한 번 안했다. 101세 여름, 고운 모습으로 잠자다 돌아가셨다.

친정 어머님은 팔 십에 치매가 시작, 보건소 치매교실에 다녔다. 어느 날 보건소에서 물리치료 받다가 엉덩방아를 찧어 고관절 엉덩뼈에 금이 갔다. 고생이 시작되었다. 인공뼈를 넣는 큰 수술을 받았다. 몇 개월 병원 생활하다보니 나는 24시간 간병하랴 집안 일 보랴 왔다갔다 몸도 마음도 많이 지쳤다. 단 한 시간도 대신 어머니 옆을 지킬 형제가 없었다.

친정 어머니는 시어머니에 비하면 말년에 10년 동안 병원생활 많이하고 고통을 겪다 90세에 돌아가셨다. 남편은 친족들과 의논 끝에 교래리 가족 묘지에 있는 아버지 묘와 같이 합장해드리기로 했다. 장례날 남편은 추운 겨울인데도 묘지 조성할 일꾼들을 데리고 한밤중 묘지에 갔다. 아버지의 유골단지를 열고보니 물이 꽉 차 있어서 물을 비워버리고 뼈 하나 하나를 창호지로 닦고 있다고 화장장에 있는 나에게 전화가 왔다. 나무로 된 유골함을 한 개 사오라고 했다.

친족들과 같이 어머니의 유골함을 가슴에 안고 아버지가 있는 묘지에 모시고 가 합장해드렸다. 살아 생전 이별해 살다 영혼이 되어서라도 옆에 같이 잠들게 하니 남편과 나는 마음이 놓였다. 추운 겨울 날씨지만 월정사 스님은 어머님이 입관할 때도 한 시간 정도 불경을 읽으며 염을 해주더니 마지막 장지에 와서도 흙 속에 들어가는 모습을 지켜보며 불경을 끝까지 염해 주셨다. '아버지 어머니는 부처님 덕을 많이 받았구나' 마음이 따뜻함을 느꼈다.

어머니의 불심은 대단했다. 움직이지 못하고 몇 년 동안 요양원 침대에 누워있어도 염주는 손에서 따로 놓은 적이 없었다. 손자들 잘 되게 해달라는 기도가 연속이라고 살아있을 때 사십구제 잘 해드리겠다고 어머니와 약속을 했다. 월정사에 사십구제를 모시고 일주일마다 제사에 동참했다. 우리 부부는 부처님과 어머니 영정을 보면서 절을 했다. 나는 성당에 다니지만 고운 마음으로 신앙을 믿는 마음은 똑같다라고 생각이 들었다. 영혼 저승세계, 극락, 천당문을 열어 들어가게 해주십사하는 정성의 기도는 산 자식들의 효심이고 의무요 본분인 것 같다.

마지막 사십구제 끝나는 날은 몇 몇 스님과 절간 신도들 친족들이 많이 참석해주었다. 어머니의 세상 인연 끝나는 날이라는 뜻을 알았다. 순자라고 이름을 불러주는 시민당 고봉식 교육감님도 고맙게

참석해주었다. 아버님 어머님 모두 극락세계에서 편안히 잘 지내고 있을 것 같다. 어머니는 살아있을 때 아들 하나 없는 것을 한으로 살아왔지만 사위 복은 있다고 생각했다. 묘지 조성할 때도 남편은 일꾼들에게 흙에 섞여있는 나무 뿌리들을 잘 골라내서 해달라고 부탁하며 손수 하나 하나 주워냈다. 그 모습을 보면서 나는 고마움에 눈물을 많이 흘렸다. 외삼촌 식구들 친족님들 모두 고마웠다. 열 아들 부럽지 않은 사위, 여보 고맙습니다, 감사합니다, 사랑합니다.

2012년 1월

어머님의 임종을 지키면서

친정 어머님은 거동을 전혀 못해서 몇 년 째 요양중이다. 한 밤중 전화 소리가 울리면 혹시 어머님이 사경을 헤매는 전화가 아닌지 늘 마음이 초비상이다.

2009년 11월 초 따르릉 벨소리에 귀를 쫑긋 세우고 수화기를 들었다. 요양원 원장님께서 어머님이 목에 가래가 너무 심해서 병원에 입원시켜드렸으면 좋겠다고 의논해오는 전화였다. 며칠 전 큰아들이 서울서 내려와 같이 갔을 때는 건강하게 보였는데, 병원에서 만나자는 약속을 하고 즉시 탑동에 있는 노인병원에 달려갔다.

어머니는 10년 전 고관절을 크게 다쳐 병원에 입원해 여러 달 치료를 받았다. 인공뼈를 넣어 두 번 째 큰 수술을 받아 나이가 많은

탓인지 일어나서 걷지를 못해 요양원에 입소했다. 남편과 같이 방문 가보면 식물인간처럼 꼼짝 못해 온 몸이 나무토막같이 굳어가는 어머니를 보면서 돌아오는 발길은 무겁고 속으로 눈물을 삼켜야했다.

일 년 전부터는 목 근육도 굳어 물도 제대로 잘 넘기지 못하여 호흡곤란을 자주했다. 담당 의사를 만나보니 폐렴이 온 것 같다고 하였다. 어머니는 가래가 너무 차서 목 속에 긴 비닐호수를 집어 넣어 일, 이분에 한 번 씩 가래를 빼내었다. 산소마스크도 끼웠다. 이삼 일이 지나가도 나을 기미는 안보이고 더하기만 했다. 고무호스로 가래를 수 십 번 빼다 보니 목에 상처가 나서 빨간 피가 나왔다. 어머니는 말은 못하고 고개를 흔들며 고통을 호소했다. 나는 외삼촌 앞에 전화를 걸었다. 어머니가 오래 못살 것 같다고 했다. 이번은 회복이 어려울 것 같고 자식으로서 어머니께 고생을 드리는 것 같아 죄스럽다며 의논을 드렸다. 입에서 가래는 가득 했고 간호사는 마구 호스를 쑤셔대고 어머니는 나에게 아프다고 찡그리는 표정을 지었다.

5 일 째 되는 날, 하느님, 부처님 이번에는 회복 못할 것 같습니다. 어떻게 하면 좋겠습니까. 많은 고통 덜 겪고 편안한 저승으로 인도해주십사 애원의 기도를 했다. 외삼촌 부부도 찾아와 몇 번

병원을 지켰다. 고통을 지켜보고 남편은 어머니를 집으로 모셔와 편안히 남은 날을 보내드리자고 했다. 나는 의사를 만나 집에 모셔 가겠다고 상의를 드렸지만 퇴원은 안된다고 단호히 거절당하였다. 코에 비닐호스를 꽂아 미음죽을 넣기 시작했다. 입에서 맛을 느끼지 못하는 음식인데 90세 어머님의 세상이 끝나가는 듯 했다.

그 사이 형권 사촌동생도 방문 오고 외삼촌 자식들도 고모님 보려고 자주 병원에 왔다. 나는 요양원 원장님께 전화로 의논했다. 병원에서 심한 고통 더 안드리고 싶습니다. 집으로 퇴원해 임종을 지켜보겠다고 의논했다. 원장님은 집에 모시지 말고 요양원으로 모시자고 병원과 똑같이 산소통도 있고, 가래 빼내는 호스도 있고 간호사 대기해 있으니 임종 순간까지 어머님 편하실 것이라 나를 안심시켜 주었다.

입원한 지 십일 째 되는 날, 담당 의사를 만나 퇴원 수속을 하겠다고 상의 드렸다. 그랬더니 의사도 며칠 더 살지 못하겠다며 모셔가도 좋다는 말이 떨어졌다. 간호사는 차를 갖고 와 산소 호흡기를 달고 추운 겨울 날씨에도 불구하고 퇴원했다.

어두컴컴한 저녁, 몇 년 째 기거하던 방 어머니 침대에 눕혀 드렸다. 어머니는 요양원 식구들과 원장님 모두에게 고맙다는 안도의 인사를 하는 눈매였다. 나 또한 원장님께 고맙습니다, 감사합니다.

인사를 드렸다. 간호사도 지극정성 간호를 잘 해 주었다. 요양원으로 모셔온 지 일 주일 째 매일 남편과 같이 동행해 어머니가 오늘이 마지막이 아닌가하고 지켜보러 다녔다.

그 사이 외삼촌 부부와 자식들, 형권 사촌동생도 다녀갔다. 퇴원한 지 팔 일 째 되는 날 어머님이 돌아가시면 아버님 있는데 같이 모셔야지 마음먹고 외삼촌께 전화를 드렸다. 남편도 그러자하고 동의를 얻고 교래리 아버지 산소가 있는 주위를 깨끗이 미리 정리해 두려고 포크레인 작업기사인 외삼촌 둘째 아들에게 부탁을 했다. 즉시 외삼촌과 남편, 동생이 같이 가 억새와 가시덤불이 얽혀있는 100여 평되는 곳을 깨끗이 다 정리했다.

시간은 다 저물어 집에 돌아오면서 어머니를 뵈러 요양원에 들렀다. 어머니는 잠을 자는 것 같았다. 나는 어머니 귀에 대고 딸 순자 사위 왔다고 했더니 눈을 크게 떴다. 산소 정리하고 온 오늘 이야기를 해드렸더니 어머니는 머리를 끄덕였다. 몇 시간 전 사촌 동생도 다녀갔다고 간호사가 말해주었다. 나는 어머니가 몇 십 년 째 믿었던 부처님과 내가 믿는 하느님께 기도를 드렸다. 고통 받지 말고 미리 가있는 아버지 동생 만나게 해주십사 내가 해드릴 수 있는 일은 신에게 기도드리는 마지막 효성이었다.

이마에 손을 얹으니 어머니는 살며시 눈을 감았다. 이제 생각해

보니 나는 잠을 자는 것으로 착각했다. 남편이 하루 종일 배가 고플 것 같아 집에 가서 밥 먹고 또 오겠다고 인사를 드리고 집으로 왔다. 2층에 사는 작은아들과 같이 저녁 밥을 먹으려 할 때 전화가 왔다. 요양원 간호사였다. 할머님 맥박이 떨어져가고 있다는 내용이었다. 남편과 작은아들과 허둥지둥 차를 타고 달려갔다. 부처님 모시는 법당이 있는 요양원이어서 그런지 두 간호사와 몇 명의 봉사자들이 불경 책을 펴들고 불경소리를 내내 읽고 있었다. 어머니 마지막 이별 시간에 외롭지 않아 복 받으신 어머니구나 생각하며 그분들께 머리가 숙연해졌다.

어머니, 사위와 손자 옆에 와 있수다 말씀드리고 이마에 손을 대고 아무 걱정 말고 편안히 갑서예 말을 나누었다. 조용히 10분 후 심장이 멈추었다. 마지막에 지켜 본 어머니의 얼굴은 고통이 없는 편안한 얼굴이었다.

2010년 1월 8일

부모님께 효성을 다하는 남편,
열 아들 부럽지 않은 사위

추석 전 매 년 겪는 일이지만 지난 가을 벌초 때도 햇빛이 매우 따가왔다. 큰아들, 작은아들, 남편 넷이서 친정 아버님 어머님 묘소에 벌초하러 갔다. 백 평은 넘는 면적이다. 남편은 봉분 위에 가시가 앙상히 나있는 엉겅퀴며 억센 뿌리를 뿌리까지 남김없이 쑥 뽑아 내라며 손수 가르쳐 주었다. 친정 아버님이 돌아가신 지 17년 서울서 기반 잡고 사는 큰아들도 매번 꼭 내려오라해서 집안 벌초를 며칠 동안 끝내고 올라간다. 바쁜 와중에서도 내려오는 아들도 고맙고 42년동안 살아오면서 나는 많은 것을 남편에게 받아오기만 했다. 내성적인 성격으로 쑥쓰러워서 고마움을 표현 못하고 살아왔다. 더 늙기 전 늦었지만 남편에게 고마움을 전하고 싶어 펜을 들었다.

친정은 아들이 없다. 외로운 자매, 여동생 하나 있을 뿐이었다. 결혼해서 한 살 터울로 이남이녀를 낳아 기르며, 억척스런 즈냥 정신으로 살며 큰아들 일곱 살 때 처음으로 집 한 채를 마련했다. 남편은 설계를 하면서 친정 어머님을 모시자고 어머님 방을 그려 넣었다. 목수가 집을 짓는데도 방학이라 남편은 하루 종일 현장감독하듯 꼼꼼히 지켜보았다. 몇 달 후 꿈에 그리던 집을 완성하고, 이사하던 날 친정 어머님도 같이 살게 되었다. 며느리인 나의 입장은 시부모님을 모시는 일이 순서인데 송구스러웠다.

시부모님은 지금의 터미널 오라동 동네에 살았다. 친정 어머니와 나는 부담없는 사이라 그런지 의견이 안 맞을 때가 있어 가끔 티격

태격 소리를 낼 때가 있었다. 남편은 고생하며 외롭게 살아온 장모님께 무조건 예하라고 대답 한 번 못하게 하였다. 할머님이 옆에 있어 아이들 앞에도 큰소리 지르지 못하고 조용조용 꾸지람도 하지 못했다. 그런대로 사남매는 싸우지 않으며 잘 커주었다. 생각해보면 남편의 말은 큰 뜻이 있는 이야기였다. 집 짓느라 부채도 있었지만 몇 년 후 다 갚아 갈 즈음, 남편은 나이 마흔에 대학원에 입학했다. 얼마나 하고 싶은 마음일까 싶어 경제가 힘들 것 같아 새집을 팔고 묵은 집이지만 방도 몇 개 있고 구멍가게가 있는 집으로 구입해 살게 되었다.

그동안 92세 시아버지도 돌아가셨고 자연스럽게 시어머님을 모시게 되었다. 결혼하기 전 까지는 외롭게 세 식구만 살아왔는데 몇 년 사이 여덟 식구가 되어 큰 밥상에 마주앉아 밥을 먹게 되어 부자가 된 마냥 행복함을 느꼈다. 시어머님도 101세가 될 때까지 밥상을 따로 차려드리지 못했다. 대가족 다모여 밥 먹을 때면 숟가락, 젓가락 부딪치는 소리가 났다. 남편은 두 어머님이 나이가 들어 밥 먹는 시간이 느리지만 혼자 밥상 받아먹으면 외롭다고 숟가락 부딪치며 먹어야 재미가 있다고 했다. 꼭 맞는 말이었다. 손자들이 중고등학교 다닐 때 두 어머니는 치매가 오기 시작하여 가끔 추한 모습을 보였지만 정이 든 할머님들을 이해하고 으레 그려려니하고 받아

주었다. 극진히 잘 모셔야된다고 늘 강조했다. 남편은 효자 중에 효자이구나 존경스러울 때가 많았다.

네 살 때 헤어져 얼굴도 모른 친정 아버지는 30년 만에 고향 딸집에 왔었다. 일본 여자와 결혼해 고향을 잊고 살다 외손자들도 보고 싶어서 일본 어머니를 모시고 왔다. 그 때 친정 어머님의 심정은 얼마나 충격이 컸으랴. 한평생 두 딸을 굶기지는 않으려고 고생만 하셨던 어머님인데 아버님은 어머니 앞에 어떠한 경제적 보탬이 없었다. 맨손으로 오셨던 것이다. 어린 외손자인 나의 큰아들이 앉아서 탈만한 꼬마 자동차 하나를 갖고 오셨다. 사위는 제주도 관광을 시켜드렸다. 언제 다시 제주에 올지 기약은 없지만 다시 오마하시고는 몇 년 지나 두 번째로 또 빈손으로 왔다가셨다. 맨손으로 보내는 일본 어머니가 원망스러웠다.

아버지 나이 75세에 뇌졸중으로 돌아가셨다고 전화가 왔다. 17년 전 일이다. 나는 여권 수속을 밟고 일본으로 가 아버님 유골을 가슴에 안고 모셔왔다. 남편은 집에서 상을 차려 권당님들을 모셨다. 묘지는 이씨 가족묘에 가기로 결정하였다. 지금은 세상에 없지만 그 당시는 여동생이 있어 두 동서가 며칠 동안 고맙게도 장례를 잘 치루어 주었다. 지금 살고 있는 도남집이다. 삼년 상도 잘 치르고 제사도 모시고 있다.

어머님은 생전에 교도소 근처 월정사 절간에 다녔다. 공양주 부엌 음식을 도맡아 할 정도로 음식을 만들어 부처님 제단에 올리는 것을 자주 보았다. 불심이 지극한 어머니는 아버님에 대한 원망도 있었지만 다 용서하고 남편의 사십구제를 생전에 한 푼 두 푼 모았던 돈으로 성대히 크게 해드렸다. 이제 생각하니 어머니는 훌륭하신 분이구나 머리가 숙연해진다.

2012년 1월

남편의 보약은 녹즙 한 컵

나의 아침은 앞마당 두 평 정도 되는 텃밭에서 무공해로 키운 케일 야채 두 주먹을 뜯으면서 시작된다. 식초 몇 방울 물에 희석해서 몇 번 씻어 녹즙으로 갈아 남편이 일어나면 먹을 수 있도록 준비한다. 녹즙을 먹은 지 30여 년이 되었으니 꽤 많은 시간이 흘렀다.

녹즙을 먹게 된 동기는 친족 한 분이 직장암 수술을 받기 위해 서울 큰 병원에 입원하여 수술을 했는데, 퇴원할 때 의사가 "사모님, 고향에 내려가면 케일 야채 생녹즙을 갈아서 매일 남편을 먹게 했으면 합니다. 암수술 후유증이 회복될 것입니다."고 권하였다. 친족 언니는 서울에서 캐일 종자를 구해 제주도에 갖고 와 마당 텃밭에 뿌렸다. 온정성을 다해 키운 케일은 무럭무럭 자라 암 수술을

받은 남편이 케일 녹즙을 먹을 수 있었다. 그래서 그 친족은 수술 전보다 더 건강한 체질로 변하였다. 우리 부부는 가끔 친족 집을 방문해 이러저런 살아가는 이야기를 나눈다.

어느 날 언니는 남편이 신선한 녹즙을 먹은 때문인지 암수술 후 유증 없이 아주 건강하다고. 동생네도 건강은 건강할 때 잘 관리하라 하면서 종자를 갖고가 땅에 뿌려 녹즙 먹기를 시작해보라고 권했다. 종자를 갖고 와 그날 즉시 작은 마당 잔디가에 심어 있는 것을 모두 뽑아버리고 대문에서 현관까지 지나다니는 자리만 남기고 케일 씨를 뿌렸다. 초가을이라 날이 따뜻해서 파종한 지 10일 쯤 지나니 파릇파릇 싹들이 올라왔다. 바람이 살짝 부는 날이면 신비

스러울 정도로 잎새들이 야들야들 춤을 추는 것 같다. 좁쌀만한 작은 씨앗이 10㎝ 쯤 자라려면 2개월은 되어야하고, 그 때 첫 녹즙을 먹게 된다.

생녹즙을 먹게 되면서 무공해 야채로 키워야 되겠구나 하는 생각이 들어 동문시장에서 기름을 짜는 친족의 가게를 찾아가 깻묵 찌꺼기를 사왔다. 케일 잎이 10㎝ 쯤 올라올 때 줄기 밑으로 그것을 뿌려놓았더니 토양이 좋았는지 무럭무럭 튼튼하게 잘 자랐다. 작은 마당은 어느 새 파란 케일 잎으로 꽉 찼다. 몇 달 동안 잎을 따 녹즙을 갈아 먹다보면, 케일은 어른 키 높이로 자라났다.

여러 해 가꾸다보니 실패도 가끔 있다. 비바람 태풍이 자주 있을 때는 어린 싹이 올라오다 센바람을 못이겨 피해가 오는 해도 있었다. 파종하기 제일 좋은 시기는 추석이 지나서다. 시원한 바람이 불어 씨를 뿌리면 다음 해 5월 꽃이 피기 전까지 무공해 녹즙을 먹을 수 있다. 가을에서 초봄까지 나비가 날아오지 않아 벌레 잡는 일도 없다. 6월 초 종자를 수확한 끝에 또 땅에 씨를 뿌린다. 흙이 따뜻해서 여름 파종은 금방 싹들이 올라와 자라는 속도가 빠르다. 그런데 빨리 자라서 좋지만 온갖 나비들이 날아와 알들을 까고 간다. 나는 돋보기를 쓰고 나비 벌레들을 잡느라 애를 먹는다. 아침에 눈에 안 띄어 못잡은 작은 벌레는 오후에 1㎝ 쯤 자라 케일

잎을 싹둑싹둑 뜯어먹는다. 농약을 치지 않아야 생녹즙으로 먹을 수 있기 때문에 여름 케일은 하루에 두 세 차례씩 벌레를 꼭 잡아야 한다. 만일 하루만 안 잡으면 벌레들이 케일 잎을 다 먹어 치운다.

남편이 퇴임 전 강의를 할 때 한 번도 춘곤증이 없어 녹즙을 먹은 때문인지, 나에게 처음으로 수고한다는 말을 한 적이 있다. 퇴임을 해서 내년이면 십년이 되는 해다. 남편은 요즘도 너무 바쁘다. 무슨 책을 쓰는지 몇 년 째 아침 일곱 시에 일어나 의자에 앉아 컴퓨터 자판기를 두드리며 글자를 만들어내고 있다. 하루종일, 저녁 일곱 시 무렵에야 일어선다. 아침, 점심, 저녁 먹는 시간도 아까운지, 두 세 번 데리러 가야 부엌 식탁으로 온다. 피로해 허리도 아플만 한데 녹즙이 피로를 없애주는 것 같다. 나는 몇 해 글을 쓰는 남편의 모습을 지켜보며 한 세상 학자로 태어난 사람이구나, 하고 마음속으로 존경스러울 때가 있다.

케일 잎이 넘칠 때는 서울에 사는 큰아들집에도 택배로 부친다. 대학에서 강의를 하는 아들도 녹즙을 먹어보니 힘이 저절로 난다고, 서울 며느리도 친정 어머니 텃밭을 빌어 케일 씨를 뿌려 올여름부터는 매일 녹즙을 먹고 있다고 자랑했다. 며느리는 아주 알뜰해 직접 심은 고추, 깻잎, 더덕, 도라지 등 온갖 야채를 가꿔 서울에서

제주로 보내온다. 며느리 칭찬을 많이 해주면서 내 친구들에게도 자랑을 한다.

몇 해 전부터 우리나라 암연구 재단 BIM연구소에서 박 실장이 제주에 내려와 암 강의를 할 때마다 나는 참석을 꼭 하여 강의를 듣고 있다. BIM연구소에서는 무공해 생녹즙은 우리 몸에 면역력을 높여주고 모든 암세포를 공격해 종양 덩어리를 소멸시켜 없앤다는 강의를 일 년에 세 번 정도 내려와서 한다. 좋은 야채란, 케일, 돌미나물, 돋나물, 질경이, 민들레, 쑥, 브로커리 등 쓴 녹즙은 암도 없애고, 우리 몸에 보약이 된다고 하며, 특히 케일 녹즙이 최고라고 거듭 강조한다.

수년 째 싱싱한 무공해 녹즙을 먹으며 살아오는 덕인지 남편과 나는 일년에 감기 한 번 걸리지 않는다. 병원 감기약을 처방 받으러 가지 않아 좋다. 우리집 건강 보약은 아침에 먹는 녹즙 한 컵이라고 자랑하고 싶다.

2010년 12월 10일

다툼 뒤, 사과를 드립니다

죄송합니다. 전날 뭐가 뭔지 모르게 즉흥적인 언동에 대해 사과를 드립니다. 특히, 아들이 옆에 있는 줄, 미처 생각 못하고 서로가 할 말 안 할말까지 사리판단도 할 시간도 없이 우리부부는 똑같이 행동했다고 생각이 되어 펜을 들었습니다. 이제 살면 얼마나 오래 살 것인지 10년, 건강하면 20년을 내다보는 이 시점인데 눈빛만 보아도 무슨 마음을 갖고 있는지, 서로를 의지하고 살았는데, 착한 우리 아이들 생각하면 서로 가슴에 멍드는 일들이 없어야 행복한데…… 특히 명후에게 부모의 모양새, 안 좋은 언동을 듣게 해서 아이 가슴에 슬픔을 갖게 해서 가슴이 아픕니다.

저는 아내로서 제 남편이 누구의 남편보다 존경스러울 뿐만 아

니라, 부처님, 하느님 같은 성품을 가졌다고, 친구들이나 성당에서 만나는 분들에게 가식 없이 자랑하곤 합니다. 저는 생각과 행동으로 남을 미워하거나 남편을 미워해본 적이 없습니다. 살다보면 저도 저의 단점 성격이 있다고 봅니다. 직선적인 언어와 울화가 치미는 행동, 언어 역시 명철 아버지도 그런 면은 있어 어제는 별 큰 탓할 일도 아닌데 서로 상처만 남아 있는 것 같아 사과드리고 싶습니다.

왜, 명철 아버지가 그렇게 예민하게 반대를 했는지 이해하기 힘들었습니다. 솔직히 말해서, 우리성당은 6000명 신자가 있는데 가장 모범적인 여성을 추천해 세미나 신앙 교육, 기도, 이웃에 봉사를 하는데 그때마다 남을 배려하는 언행을 배웁니다. 때문에 저는 교육 없이 무턱대고로 봉사활동 하느니 제대로 교육 받고 싶었습니다.

그런데 40대 된 신자로 한 사람이 교육을 몇 해 전 갔다 와 보니, 한 층 더 밝은 마음으로 세상 모두를 이해하게 되더라고 조언해 주었습니다. 특히, 저는 24세 때 영세받고 레지오라는 봉사를 알게 되어 부단장 간부를 맡고, 35년 줄곧 간부직을 하면서, 어려운 이웃을 알게되고 봉사를 해온 신자입니다. 그래서 간부를 하려면 교육을 받는 게 분명 도움이 된다고 합니다.

이제 60 넘으면 늙고, 갈 엄두도 못 냅니다. 이번 기회에 교육을

받았으면 합니다. 어제 밤에 담당자께 들어 보았더니 주교관에 저의 인적서류가 결제받으러 들어 갔답니다. 교회에서 하는 말로는 큰 은총을 하느님께 받았다고 했습니다. 현동궐 교우는 아무 죄가 없습니다. 제가 부탁해 본 적이 없는데 당신에게 직접 말을 한 것 같습니다. 제주도 전 성당에서 각 본당 5명 내외로 특히 여성만 받는 교육으로 칠십 정도랍니다. 방학을 이용해 초·중등 여선생님이 대부분 많답니다. 그 중에 저를 끼워 주는 것입니다.

제가 당신께 직접 말하지 못한 것은 불찰입니다. 말해 볼까 궁리해보는 중인데 서류 마감 날짜가 급해서 그랬나 봅니다. 이 점은 이해해 주십시오. 부탁합니다. 제 친구들과 여행 3박4일 보낸다 생각하면 됩니다

이 나이에 서로를 배려해 가면서 측은지심으로 누구를 의지합니까. 큰 아들 명철이도 아이들 생각하고 서울을 생각하면 제주도 와서 살기는 틀렸다고 저는 마음 비웠습니다. 또 명후도 욱하는 성질이 있어 제 아들이지만 무섭습니다. 어느 여성인지 모르지만 명후 부인 될 며느리도 불쌍하다고 봅니다. 자식이지만 성격이 왜 그렇게 되었는지 자식 의지 안한다고 마음 다 비웠습니다. 만에 하나 저 혹시 명철 아빠보다 오래 살게되면 양로원 복지 시설이 좋습니다. 모든 마음 버려야 마음이 편합니다. 하지만 어떤 일이 있어도

이혼은 안합니다. 제가 건강한 이상 신앙 갖고 살며 명철 아버지 건강 지켜가며 행복한 마음으로 살아갈 겁니다. 더 이상 서로 마음을 상처받는 말은 하지 맙시다.

마음속으로만 사랑하는 부인이 드립니다

2003년 1월 6일

사랑하는 당신께 회갑생신을 맞이하면서

빈 공간이 있는 날입니다. 지금 창 밖 대문 위에 참새 식구들이 조잘대며 그들만의 행복을 나누고 있습니다. 당신 회갑 생신 날이 다가 오고 있어 처음으로 펜을 들어 저의 마음을 전하고자 합니다. 당신이란 말이 무척 쑥스럽습니다. 돌이켜 보면 생각과 말과 행동이 어색한 만큼 각자 따뜻한 표현을 못하고 살아온 부부인 것은 사실인 듯 합니다.

결혼한 지 29년 앞으로 마주앉아 밥먹는 세월 1/3이나 남았는가 생각해 봅니다. 그동안 수많은 날들로 하여금 조화있게 2남 2녀를 낳아 크게 삐뚤지 않게 자라준 4남매, 우리 자식들이 마음 하나는

곱게 커주었구나 감사한 마음으로 행복을 느끼곤 합니다.

서로가 가진 것 넉넉지 못한 우리들의 만남이었지만 당신과 저 역시 검소하게 서로를 믿으며 의지하여 오늘의 가정을 이룬 것 같은 아니 마음만은 그 누구도 부럽지 않은 부자인 것 같습니다. 이 세상에서 찾아 볼 수 없는 악의 없이 좋은 성품을 가진 당신 그리고 큰아들, 누구보다 부모에게 잔정이 많은 작은아들, 늘 밝은 성품인 큰딸, 멋이라면 앞서 나가는 작은딸, 오래 살아보진 않았어도 큰며느리도 아들 못지 않게 착하디 착한 며느리인 것 같아 마음이 흐뭇하곤 합니다. 특히 당신이 회갑 생신 날 며느리가 한자리에 있게 되어 더 부자같아 행복합니다.

그동안 저를 만나 당신도 마음 고생 아니 육체적인 고생 더러더러 많이 있었습니다. 제가 형제들이 없는 탓에 당신은 사위 노릇이자 아들 역할을 맡아 참으로 많은 일을 치렀습니다. 특히 동생 남편으로 인해 경제적인 타격을 받았어도 지혜롭게 잘 참아주신 그 순간 순간 일들, 마음 속으로 '정말 고맙습니다' 라는 생각으로 살아가고 있답니다. 저 역시 따뜻한 표현 못하는 체질인가 봅니다. 당신도 내성적인 성격이라 표현은 못하고 비슷한 성격들이라 생각은 하면서도 어떤 때는 당신 비위 거슬리게 투정을 부리곤 한답니다. 누구보다 속이 깊고 이해심이 많은 남편, 특히 저를 믿어주는 남편

이시라 저 역시 결혼 처음날부터 이날까지 남편을 의심해본 적이 없는 부부, 서로를 믿고 의지하며 표현은 못하지만 고맙고 감사하는 마음으로 살아가고 있다고 글로는 몇 번이라도 제 마음을 고백합니다.

그리고 이 날까지 건강히 잘 지내주시는 두 어머님, 얼마 없어 백수와 팔십을 바라보며 건강해주시니, 두 어머님 때문에 가난하고 외로운 노인들을 찾아 봉사생활에 참여하는 것 자체가 고마울 따름입니다. 특히 당신이 알고도 모른 척 이해해주니 제 시간을 소외된 이들과 나누고 있답니다. 외롭게 혼자 사시는 노인들, 즉 저의 부모님 모습으로 바꾸어 생각이 들어 찾아가게 되고 그들의 따뜻한 마음을 알게되서 늘 행복하답니다. 당신께 부탁이 있다면 저는 잘해보려고 하지만 못하는 행동이나 일의 결과가 있다면 부인의 인격도 생각해 즉흥적 성을 내지 말았으면 합니다. 찡그린 얼굴 없이 알아들을 만한 나이가 되니 이쁘고 기분 좋게 조언을 했으면 합니다.

사람은 그 누구도 부족한 면이 늘 있기 마련입니다. 저 역시 잘못된 성격 반성하고 얼마 남지 않은 시간들을 특히 가족들의 건강과 사랑하는 남편과 아이들, 두 어머님과 그 외 소외된 이웃들을 위해 봉사하며 보람있게 살아가겠습니다.

지켜보아 주십시오. 입으로 표현을 못하는 부인 이순자 드림.
〈생신날이 다가가와지면 부칠 겁니다.〉

1997년 6월 25일 낮 2시

아들의 교통사고

우리 부부는 잠을 자고 있었다.

한밤중 따르릉 따르릉 전화벨소리가 요란히 울리고 시계는 새벽 1시를 가리키고 있었다.

"여보세요"

수화기를 드는 순간 이 밤중에 누구의 전화일까? 불길한 예감이 들었다. 들려오는 여자의 떠는 목소리로 '명후가 사고 당했어요. 지금 병원 중환자실에 있어요.' 나는 순간 힘이 빠지고 남편에게 수화기를 넘겼다.

"어느 정도인지…… 아주 많이 다쳤다고…… 알았어요."

"이 밤중에 비행기도 없고 어떡하지?"

남편은 떨리는 목소리로 "서울에 있는 큰아들에게 전화해서 이제 내려보낼께요. 아버지는 내일 첫 비행기로 갑니다. 고맙습니다."

전화를 끊고 남편과 나는 작은아들이 혼수상태라는 아찔한 상태지만 어찌할 도리가 없어 온몸이 떨리고 힘이 빠져옴을 느꼈다. 즉시 큰아들은 동생이 입원한 여수 어느 병원으로 내려가는 중이다. 형의 마음도 놀랐을 것이다. 뜬눈으로 밤을 새고 남편은 첫 비행기를 타려고 준비 중.

나는 현장에 못가고 기도로 매달리겠으니 조금이라도 희망적이면 앰브런스 태우고 긴급 호송차로 제주에 데리고 왔으면 조언했다. 신자인 나는 상에 촛불을 켜고 조물주이신 하나님께 작은아들 살려주십사 눈물을 흘리며 몇 시간 기도했다.

남편이 도착해보니 뇌가 상하지 않아 의식은 깨어있고 그 밤중에 동생의 사고를 듣고 달려온 큰아들이 동생 옆에 있어 대견하고 고마워 힘이 나더라고 했다. 상태는 얼굴, 목, 다리, 으스러져 피범벅이 된 상태로 응급수술 들어갔다고 전화로 목숨에는 지장이 없다고 나를 안심시켜주었다.

사고 동기를 나중에 듣고 보니 밤중에 파란불을 보고 길을 건는데 술 취한 젊은 운전자 차가 달려와 왼쪽다리를 부딪치며 온몸은 공중으로 튕겨 저 멀리 떴다 몇 미터 멀리 떨어졌다고 했다. 그

순간 의식이 없고 병원에서 의식이 살아났을 때 옆에는 어느 목사님이 목격해 병원에 실어다 입원시켜 주었다고 하더란 말씀.

뺑소니차는 나중에 용케도 경찰이 찾아내었다. 차 보험도 안 들어있고 그 후 그 운전자는 한 번도 안 나타나 합의금도 한 푼 받지 못했다. 지금 생각해보면 그 밤중 고꾸라져 내동댕이 쳐진 작은아들을 다른 차가 와서 또 치어 저세상 갈 뻔도 했는데 즉시 목사님이 구해주셨다니 너무 고마워 몇 년이 흐른 지금도 그 분을 잊지 못한다. 몇 군데 일차 수술 받은 후 일주일 지나 고향 제주도로 이송됐고 어머니가 할 수 있는 것은 따뜻한 간병뿐.

2차 다리 재수술하고 얼굴 몇 군데 수술도 받았다. 다행히 목 받침은 하고 왔는데 사진을 찍고 보니 중요한 신경은 살짝 피해서 아차하면 전신마비가 될 뻔했는데 천만다행이라는 담당의사의 말씀이다.

하루하루 호전은 빠르고 으스러졌던 몸은 상쾌하게 걸을 수 있어 6개월 입원하고 퇴원했다. 나는 집안 살림하랴 밤낮 아들 간병하느라 고생됐지만 자식이 곱게 회복되는 모습을 보면서 아들에게 용기를 갖게 했고 나의 몸도 고달픔이 없었다. 나의 신앙정신으로 나의 마음을 단단히 다져가면서 하느님께 늘 감사히 기도하며 살아가는 사람이 되고 있다.

2008년 5월 달에 5년 만에 사고당시 다리에 30센티 인공심지대를 넣어 수술 받았는데 재 수술받고 심지대를 제거해서 1개월 병원생활하다 집에 퇴원해서 1개월 더 후유증 완쾌 되어 지금은 기분 좋은 마음과 몸을 갖고 직장에 잘 나가고 있다.

나는 가족들에게 이웃들에게 나의 생명과 남의 생명을 위해 음주해서는 절대 운전대 잡지 말라고 홍보를 자주한다.

2008년 여름

작은아들아 제발! 부탁한다

"엄마! 난 어른이 돼도 절대 담배피우지 않을게."

"그래, 너는 어른이 돼도 담배피우는 거 배우지 마라. 그래야 건강하게 오래오래 살지."

이제 서른 다섯이 된 작은아들이 어렸을 때 한 말이다. 유치원에 다니던 일곱 살 때 TV를 보다가 검은 연기로 폐가 시커멓게 변하는 화면을 보고 충격을 받았는지 겁먹은 모습으로 다짐한 말이다.

그런데, 지금도 담배를 못 끊고 있으니 한심스럽고 답답할 뿐 어쩔 도리가 없다. 이번에는 정말 끊겠지 하면서 지내온 것이 삼십 중반이 되어도 지키지 못하고 있다. 이제는 본인의 건강 여부를 떠나서 간접 흡연으로 공공의 적 취급을 받는가 하면 햇빛을 가린 건물

에서는 금연불가하는 사회적인 합의가 이뤄지고 있는데 참으로 한심한 노릇이다.

남편은 대학생 때 친구들이 담배피우는 것을 보면서 한때 어울리다가 체질에 맞지 않았던지, 아니면 독한 결심을 했던지 단번에 뚝 끊고 담배와의 인연을 끊었다고 했다. 결혼해 살면서 집안에 재떨이라는 것이 없다. 집안에 손님이나 아빠친구들이 와도 으레 담배를 피워서는 안되는 집으로 여겼다.

장남은 아예 담배를 모르고 산다. 대신 술을 좋아해서 기름진 안주 덕분인지 체구가 풍성하여 넉넉하게 보이지만 담배피우는 것보다 걱정이 덜하다. 직업이 대학생들을 가르치는 일이라 선생치고 술 못 마시는 사람 없다고 잔소리를 하면 예예 하면서도 효과가 없다. 문학한다는 사람, 예술한다는 사람들과 격이 없이 어울려 한 잔 해야 좋은 평론을 쓸 수 있다는 핑계로 말꼬리를 흔들지만 시덥지 않다.

작은아들도 대학을 졸업할 때까지는 담배를 피우지 않았다. 남들이 담배 피우는 자식들 때문에 이런저런 걱정을 해도 우리와는 상관없는 일이려니 했는데 군대에서 삼 년을 살고 오더니 담배 피우는 걸 배워왔다. 빨래를 하다보면 호주머니에서 꽁초가 나오고 방에 들어가면 눅눅한 곰팡이 냄새가 나서 한바탕 소란을 피운다.

일방적으로 내가 쏘아붙이고 아들은 침묵으로 일관한다. 뭐라고 대꾸를 해야 가고 오는 말싸움에서 결판이 날 터이지만 침묵처럼 속 터지게 하는 것도 없다.

"너 유치원 다닐 때 담배 안 피운다고 약속했니? 안했니?"
"기억은 안 나지만 했을 겁니다. 근데 군대가면 어쩔 수 없어요."
"뭐? 군대가 담배 피우라고 가르치냐?"
"……"

군 생활을 하면서 서로 어울리다보면 어쩔 수 없이 배우게 되고, 더구나 선배들 앞에서 억지로 피우다보니, 나쁜 습관인 줄 알면서도 피우고 있는데 곧 끊겠다고 약속을 한다. 결혼 후 며느리가 임신을 했는데도 여전히 끊지 못하고 숨어서 피운다. 연기 때문에 누렇게 탈색된 이빨과 입에서 풍기는 고약한 담배 냄새는 정말 싫다. 뱃속에 있는 태아에게 해가 된다고 며느리와 함께 애원을 해 보기도 하고 기형아 운운 하면서 협박을 해도 끊을 듯, 끊을 듯 하면서도 효과가 없다. 아이가 태어나 어언 돌이 되었는데도 여태 못 끊고 있다.

며느리가 두 번째 아이를 갖자 각오를 단단히 했는지 아기가 나오기 전까지 기필코 끊겠다고 하면서 요사이는 담배 한 갑이면

사나흘 간다고 자랑 아닌 자랑을 한다. 미심쩍기는 하지만 보통 결심이 아닌 것 같아 믿어 보기로 했다. 삼 개월 후면 둘째가 태어난다. 제발 이번만큼은 약속을 지켜 어미 마음과 며느리 걱정을 덜어 주었으면 하고 기도를 한다.

나는 요즘 병원 원목실에서 암환자들을 위한 봉사를 하고 있다. 임신부처럼 배가 부은 환자, 눈이 노랗고 얼굴이 황색으로 변해있는 환자들을 볼 때면 불쑥 불길한 생각이 들 때가 있다. 고개를 흔들며 석 달 안에 담배를 끊겠다고 했는데 잡스런 망상을 한다고 하면서도, 그럴리야 없겠지 하면서도 혹시나 하는 불안감을 감출 수 없다.

환자들을 위로하면서 대화해 보면 병을 얻게 된 원인이 술과 담배에 있음을 이야기하고 있다. 석 잔의 술은 세상에서 최고의 보약이지만 독주를 마시다가 그리되었고, 영국의 처칠은 입에 담배를 물고 살았지만 팔십을 넘겼다는 사실을 위안으로 삼다보니 골초가 되어 폐가 썩었다고 한다. 자신의 건강을 자만해서 몸 관리를 못한 것을 후회하고 넋두리를 하는 모습을 보면서 할 말을 잊는다. 이제도 늦지 않았으니 희망을 가져야 한다는 막연한 말로 얼버무린다.

담배가 무섭다. 왜 피우는가? 하고 물으면 대답이 궁색하다. 왜 못 끊는가? 물어도 대답이 궁색하다. 담배도 마약인가? 국가기관인

담배공사가 필요한 공기업인가? 하느님이 인간의 의지를 시험하기 위해서 만든 독초인가? 의지가 강하면 끊을 수는 있는가? 어떤 이는 단번에 끊었다는데 죽기 아니면 살기로 마음을 먹으면 가능한 일인가? 그렇다면 둘째는 독한 마음이 없어 지금도 피우는가? 여자 흡연 인구가 는다는데 이건 또 무슨 조화인가?

사랑하는 아들아!

제발 자신의 몸과 사랑하는 가족들을 위해서 이번만큼은 꼭 성공했으면 소원이 없겠다. 우리 아들 십 년 동안 맺었던 담배와 인연을 깨끗이 청산했다고 친척들에게, 친구들에게, 이웃에게 자랑하는 나팔을 방방 불고 싶다. 그래도 피운다면 너 내 자식 아니다.

벌초(소분)하러 꼭 내려오라

제주도에서는 집집마다 연중행사로 음력 8월1일 전후해서 벌초가 시작된다. 우리 집안도 예외는 없다. 남편은 서울에서 기반을 잡고 사는 큰아들 앞에 벌초 때가 돌아올 때면 한 달 전쯤 '비행기표 예약 잘됐느냐, 어느 날이면 벌초 시작이니 하루 전날 꼭 내려오라.' 몇 번이나 전화로 아들 앞에 확인시켜준다. 매년 100% 내려와 벌초를 하고 간다.

2008년 여름 유난히 더웠다. 남편과 아들 나 셋이서 아침 먹고 점심 싸고 과일 떡 준비하고 산소로 출발했다. 교도소 서쪽 방향에 가족묘지가 있는데 도착해보니 시아버님 큰동서 내외분을 비롯해

몇몇 묘 봉분이 깨끗이 벌초가 되어 있었다. '장손인 사촌형이 와서 벌써 했구나!' 아들이 하는 말. 고맙긴 하지만 같이 못 한걸 아쉬워했다. 사촌형이랑 벌초 같이하자고 약속했는데……. 아버지는 아들 앞에 전화로 형이 수고 많았다는 전화를 드리라고 했다. 우리는 시어머님 산소와 주변을 말끔히 벌초를 끝내고 음식을 올려 절을 했다. 나는 절을 하면서 우리집안 고 씨 자손들 화합해 웃는 얼굴로 서로 사랑하며 살아가게 해 주십사 또 막내손자 명후 좋은 짝 만나 결혼하게 해 주십사 기도드리며 절을 했다. 시계를 보니 두 시가 되었다. 우리 셋은 교래리 친정 아버지 산소에 가 벌초를 하려고 차를 신나게 달려 산소에 닿았다. 초하루 전날인데 아버지 옆에 친족님 묘들은 벌써 와 깨끗이 벌초를 하고 갔다.

친정은 경주 이씨 가족묘지가 만여 평. 조상님들이 준비가 되어 있어 그 큰 땅 안에서 각자 직계 가족묘 표시를 몇 백 평 선을 둘러 쓰고 있다. 친정 아버님이 돌아가신 지 올해로 18년이 된다. 남편은 장인묘 벌초를 웬만하면 다른 사람보다 먼저 하려고 한다. 이 씨 집안 묘들이 주위에 많이 있어 넘어 다니면서 특히 사촌동생이 하나 있는데 직계 집안 웃조상묘 벌초를 혼자할려니 힘이 드는데 아버지 벌초를 아직 안 한 걸 보면 심적 버거운 마음이 든다고.

정말 남편이 마음먹는 것을 볼 때 늘 고맙게 생각한다. 아들이

없는 집이다보니 사위지만 아들 못지않게 친정 아버지 돌아가실 때 장사도 지내고 삼년상까지 치르고 제사도 모시고 있다. 서울에 사는 아들며느리도 꼭 내려와 음식을 같이 준비하고 외할아버지 제사에 참례한다. 남편은 아이들에게 외할아버지 제사에 참례하라고 강조한다.

어느 해 아들은 직장관계로 벌초를 못 올 때가 있었는데 며느리가 남편대신 내려와 친족들과 벌초를 여러 산 돌아다니며 하고 간 해도 있다. 그래서인지 남편이 내려와 벌초하는 수고를 며느리도 다 알고 있어 벌초할 때면 시아버님 앞에 수고했습니다. 전화를 꼭 하고 있다. 매년 4월 달 청명날은 웃대 조상님 산소를 찾아가 묘제를 한다. 친족가정 돌아가면서 음식을 차리고 제를 지낸다. 5년에 한번 돌아오면 차리는 순번이다. 남편은 묘제를 지낼 때 아이들이 모이면 늘상 하는 말이 있다. 조상님들 산이 있어 친족들이 모여 지제한 산이지만 일 년에 한번은 산에서 제사도 지내고 육지 어디에 있다가도 고향산소에 와 웃조상님을 기리며 절하며 이야기도 나누고 형제친족 정을 돈돈히 엮어가며 얼마나 좋은 풍습이냐?

요즘 사람들은 벌초를 하기 싫어 시간이 없다하고 땅이 모자라다하여 납골당을 좋아하지만, 웃어른 섬기기를 잊어버리고 조상의 얼도 잊어버려 삭막한 세상이 되어가니 걱정이 된다. 늘상 하는

말인데 나랑 죽거든 한 평 묘도 좋으니 봉분묘 꼭 하라하며 자식들 앞에나 나에게 강조를 한다. 시신을 불속에 태운다는 것을 용납하지 못하는 성품이다.

나는 마음속으로 우리나라 특히 제주도 봉분 묘문화가 남편의 뜻을 얼마나 오래 전해줄지 걱정이 든다.

오늘도 남편은 내년 벌초를 위해 호미와 벌초기를 잘 닦고 이층 작은 빈방에 보관했다.

2008년 9월초

사랑스런 손자들

27세 때 첫째를 시작으로 한 살 터울로 삼남매를 낳아 키우느라 눈코 뜰 새 없이 바쁘게 살다 삼년 만에 또 막내아들을 낳았다. 엉덩이 무르지 말라고 백색을 띠는 무명 기저귀를 삶고 빨아 말려 뽀송뽀송하게 해서 채워주는 일이 일과였다고 회상해 본다.

그 아기들이 결혼해 삼남매는 좋은 짝들을 만나 1남 1녀 자식들을 보아 서울, 수원, 안산 등지로 차타고 한 시간 거리에서 오고가며 재미있게 살고 있다. 삼남매는 1남 1녀 두 자녀만 낳아 시간 여유가 있는데도 일회용 기저귀를 쓰고 있는 것을 보면 과거와 현재 차이가 기저귀 문화에서도 볼 수 있어 요즘 애기 엄마들이 시간

여유가 더 많아 보인다.

우리 시대 어머님들은 자식 키울 때 아기 앞에 사랑 표현을 자주 못한 것 같다. 그 시대에는 경제적 여유가 없어 간식은 어디 생각도 못해 사주지 못하였고, 아프지만 말아 달라 빌었다. 그래도 사남매는 크게 아프지 않고 커주었다.

몇 년 전부터 우리 부부는 손자들을 보고 싶어 어린이날이 돌아올 때쯤이면 손자들을 만나러 비행기를 타고 올라가 일주일 정도 머무르며 손자들의 재롱을 보며 행복을 느끼곤 한다.

큰손자는 초등학교 3학년. 이름은 시준. 시준이는 우리 집의 장손으로 너무나 사랑스럽다. 네 살 때 서울에서 부모님과 헤어져서 제주도에 내려와 할아버지, 할머니의 사랑을 받으며 몇 개월을 같이 살았다. 시준이는 생선을 좋아했고 특히 생선의 눈알과 꼬리 부분을 좋아했다.

어느 날 자리를 구워 식탁에 내놓았는데 자리의 눈을 먹겠다 하여 할머니인 나는 그 작은 자리의 눈을 빼느라 애를 먹은 적이 있었다. 지금은 초등학교 3학년으로 의젓하게 크고 있고 성품이 온순해 착하디 착하며 공부도 잘하고 특히 미술은 전 학년에서 1등을 독차지 한다고 상장을 내놓으며 자랑을 한다.

시준이의 동생, 이제 다섯 살 된 손녀는 일주일에 꼭 한 두 번은

전화를 해주는 착한 손녀이다. '할머니, 뭐해요? 할아버지도 뭐하고 있어요?' 손녀의 전화 목소리를 들으면 큰아들 집안이 어떻게 돌아가고 있는지를 손녀가 다 이야기 해주곤 한다. 손자, 손녀와의 통화를 끝내고 나서 우리 부부는 함박웃음을 짓는데 기분이 좋다.

큰딸. 손녀 다섯 살 호연. 13개월 됐을 때 제주에서 외할머니하고 같이 살았다. 큰딸이 임용고시 준비로 도서관을 다녔기 때문이었고 외손녀도 키워준 정이 들어 외할머니, 외할아버지를 많이 좋아한다. 지금은 말을 잘해도 통화를 할 때면 무슨 일이 그리 바쁜지 '할머니, 바빠!' 하면서 자기 엄마 앞에 전화기를 건네는 모습이 눈에 선하다. 전화소리로 야단법석을 떠는 소리가 들려오곤 한다. 아이들 성격 나름인 것 같다. 1개월 후면 호연이의 남동생이 세상에 나온다.

작은딸의 아이들. 수빈, 민준 남매.

두 딸은 아기를 낳을 때면 친정집으로 미리 내려와 아기를 낳고 어머니의 도움을 받으며 2개월을 키우고 사는 집으로 올라간다.

수빈, 손녀 6세. 눈망울이 초롱초롱하다. 두 돌 되기 전부터 TV를 보면서 춤, 무용을 혼자 독차지하고 재주를 부렸다. 너무 피곤할까봐 그만했으면 하면 정색을 하며 울어 또 시작하고 식구들이 다

모일 때면 폭소를 자아내게 해 집안이 떠들썩하다.

수빈이 동생은 이제 두 돌 반인데도 막내이고 남자라서 그런지 말이 좀 늦다. 눈에 넣어도 안 아픈 손자들을 생각하면 매일이라도 보고 싶지만 멀리 있어 전화로 목소리라도 돌아가면서 들려주는 사랑스럽고 사랑스러운 손자들이 있어 우리 부부는 외롭지 않다.

2008년 7월

따르릉 수화기의 행복

"여보세요!"

육지에 사는 손자들과 대화를 나누고 싶어 전화 수화기를 가끔 든다. 손자들과 대화를 나누다보면 요즈음 아들네 딸네 가정이 어떻게 돌아가는지 눈에 선하게 들어온다. 큰아들네 손녀 혜민이는 말소리도 조용조용하고 이쁘다.

"할머니 뭐하고 있어요?"

"금방 저녁밥 먹었저. 혜민이도 밥먹었나?"

하며 손녀와 나는 수다를 떤다.

큰며느리도 안부전화를 자주 해오곤 한다. 비바람 태풍이 심할

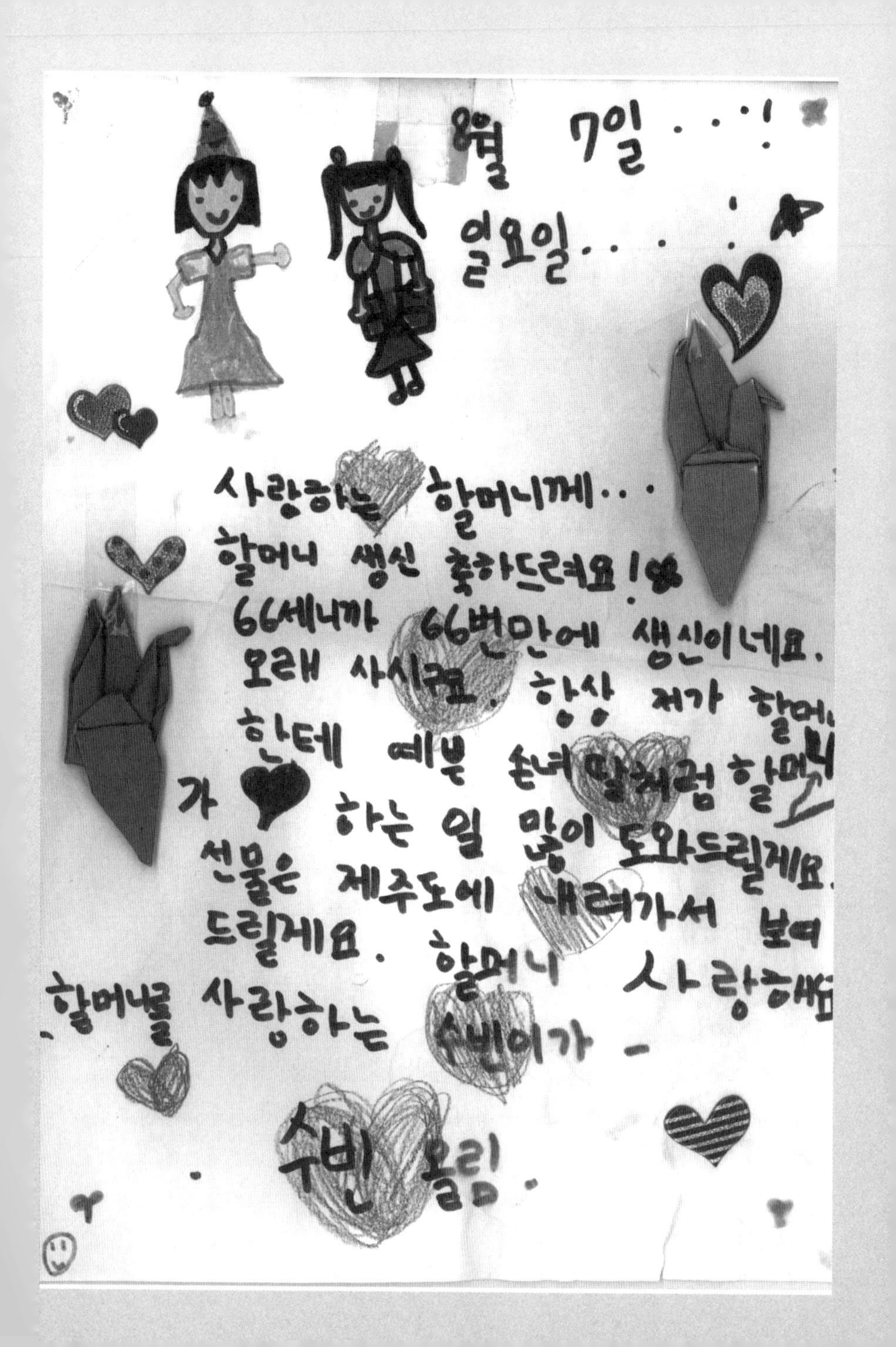

8월 7일...!
월요일....!

사랑하는 할머니께...
할머니 생신 축하드려요!
66세니까 66번만에 생신이네요.
오래 사시구요. 항상 저가 할머니
한테 예쁜 손녀 딸처럼 할머니
가 하는 일 많이 도와드릴게요.
선물은 제주도에 내려가서 보여
드릴게요. 할머니 사랑해요.
할머니를 사랑하는 수빈이가 -

수빈 올림.

때, 일기예보 날씨가 걱정될 때, 뉴스를 보다가도, 집안 일에 대해 상의할 때, 그 중에서도 가장 기쁜 소식은 큰손자의 수상 소식이다. 미술에 재능이 뛰어나다보니 수상 소식이 이어진다. 그때마다 남편과 나는 함박웃음을 지으며 축하전화를 손자에게 건다. 이럴 때 우리 부부는 행복을 만끽한다.

안산에 사는 큰딸네 손녀 호연이는 내년이면 초등학교에 들어간다. 키도 훌쩍 크고 얼굴이 우윳빛마냥 뽀얗고 이쁘다. 길거리에 같이 다니면 이쁘다고 칭찬이 자자하다. 그런 외손녀 목소리를 듣고 싶어 전화통화를 하려들면 노느라 바쁘다며 전화를 받지 않는다. 유독 전화라면 질색을 하는 성격이라 그런가보다 웃고 넘긴다.

수원에 사는 작은 딸네는 손녀딸 수빈이가 전화를 자주 걸어온다. 이쁘고 깜찍하고 애교가 많은 손녀다. 할머니 할아버지 사랑해요 하면서 오늘 있었던 일에서부터 요사이 일어났던 일까지 하나하나 이야기해 준다. 어린아이라고 하기엔 수준을 뛰어넘을 정도로 생각과 행동이 밝고 똑똑하다. 제주도 고향에 내려올 때면 일기며 독후감 쓴 것들을 다 가져와 할머니 할아버지 앞에 내어놓는다. 나는 한글자 한글자 빠짐없이 읽고 칭찬해주고 평가해준다. 써와서 보여주는 것만으로도 기특한데 책 내용에 대해 자기의 생각을 곁들이며 독후감을 써내려가는 솜씨가 상당하다. 그래서 전화 통화할

때마다 잘 쓰라고 격려하는 것을 잊지 않는다. 동화책 사보라며 용돈을 주면 좋아하는 손녀들의 모습을 보면 나도 행복해진다.

몇 십년 전 나는 한 살 터울로 사남매를 키웠다. 눈코뜰 사이 없을 정도로 바쁘게 살면서 제대로 사랑해주지 못한 것만 같고 아프지만 말아다오 하는 심정으로 앞만 보고 살아온 것만 같다. 그때는 경제사정도 안 좋아 과일 하나, 간식 하나 사줄 형편이 못되었다. 밥 세끼만으로 건강히 잘 커준 것만 해도 감사한데 그렇게 키운 자식들이 부모가 되어 아이들을 잘 키우고 있는 것을 보면 대견하고 고맙고 행복하기만 하다.

때때로 시간이 나서 전화를 걸어보는데 한참 동안 전화벨만 울리고 받지 않으면 마음이 철렁 내려앉는다. 어린 손자들 중에 갑자기 아파서 병원에 간 것이 아닌가, 별 궁리를 다하게 된다. 그러다 통화가 닿고 "예" 하는 대답을 들으면 안심이 된다. 노부모의 마음은 이렇듯 노심초사다. 자식들 걱정, 손자들 걱정이 떠나지 않는다. 이런 부모의 마음을 아는지 모르는지……. 이 세상 모든 부모들 마음은 이런가 싶다. 다행히도 고마운 전화가 있어 수화기만 들면 안부를 묻고 전할 수 있어 외롭지 않고 행복하다. 수화기를 자주 들어야겠다. 지금처럼 손자들과 수다를 많이 떨고 싶다. 우리 사랑하는 손자들아! 전화 자주하자!

밀감 먹는 손자들을 그리며

늦가을 밀감 수확기가 되면 작은 시누언니로부터 서울에 사는 손자들 주라고 전화가 온다. 언니 부부는 시에 살면서 10㎞ 이상 멀리 떨어진 한림면 저지 동네에 있는 과수원 농장 천여 평을 운영하고 있다. 아주버님은 농약 뿌릴 때는 과수원에서 밥을 지어 먹으며 며칠 씩 살면서 일을 하고 온다. 팔십 세를 바라보는 연세지만 너무나 건강하게 과수원을 잘 운영하고 있다.

오늘은 남편 차로 아주버님과 셋이서 감귤을 가지러 저지 밭에 갔다. 아주버님이 말씀하길, 올해는 해걸이가 되어 나무에 귤이 많이 달리지 않아, 값을 잘 주는 해인데 흡족한 돈은 안 나왔지만,

그래도 오백만원 정도 목돈이 되겠다고 자랑했다. 일년 동안 교통비, 농약살포, 비료비 등 모든 것을 제하면 수입이 얼마 안 돼 그저 집에서 노느니 하는 거야. 지금까지는 건강하니 인건비 버는 거라고 웃으며 행복하다고 말을 했다. 말을 하면서 한 시간 동안 차를 달리다보니 농장에 이르렀다. 십여 년 전부터 수확기가 되면 밭으로 밀감을 가지러 왔는데 올해 밀감 나무를 보니 튼튼하고 건강한 나무로 잘 키워놓았다.

나무에서 노랗게 잘 익어서 그런지 먹어보니 맛이 너무 좋았다. 아주버님은 우리에게 줄 밀감 몇 상자를 차에 실어주고 밭에 마무리 작업을 하고 며칠 뒤 시에 오겠다하며 농장에 남았다. 집에 와보니 오늘따라 아라동에 사는 큰시누아들 내외가 몇 상자 귤을 싣고와 손자들에게 보내주라고 가져왔다. 값도 잘 받는 해인데 팔아서 쓸 것을 매해 얻어먹어 고맙다고 인사를 했다. 조카는 "값 좋을 때 드려야 맛이 더 좋습니다." 고, 웃으며 말을 했다. 큰언니와 작은언니네 두 집에서 일년 내내 땀을 흘려 키워놓은 열매가 집에 가득해서인지, 마치 우리집이 밀감 농장을 하는 것처럼 밀감 부자가 됐다. 1남 2녀 삼남매 육지에 사니 내일 아침 일찍 일어나 20kg짜리 세 박스를 포장해 우체국에 가서 부쳐줘야지. 여섯 손자들이 맛있게 오물오물 밀감을 까먹는 모습이 눈에 아롱거린다.

"할머니 고맙습니다."

어느 손자의 전화벨이 울릴까 기다리며 행복에 젖는다.

2008년 11월 25일

신발도 안 신고

토요일 오전 11시 나는 성당에 다녀오려고 화장품을 만지작거리고 있었다. 내가 좋아하는 곳, 부엌 한 켠 책을 읽을 때도 이 자리에 앉는다.

갑자기 허드레 부엌문이 와장창 열리며 "어머니! 시유가, 시유가, 이런 때 어떻게 하면 됩니까?" 눈동자도 정지되어 숨이 넘어가 온몸이 축 늘어져 있는 손자를 안고 며느리도 새파랗게 놀래 넋이 나간 순간 할머니 팔에 안겨진 손자를 바라본 나도 놀랐다.

"시유야, 시유야!"

"119, 119. 아니야. 병원으로 가자. 119 차가 오기까지 기다릴 시

간이 없다." 서재에서 글을 쓰던 할아버지도 사경을 헤매는 손자를 본 순간 나는 마당으로 뛰쳐나가 시유아빠와 며느리와 정신없이 차를 탔다. "시유야, 제발 살아야 한다. 우리 시유, 시유야." 시유아빠는 쏜살같이 병원을 향해 달리고 이 상황에 손자에게 해줄 수 있는 일이 뭔가 나도 모르게 꼭 담은 손자의 작은 입술을 벌려 산소라도 들어가게 하려고 목구멍까지 두 개의 손가락을 깊숙이 집어넣었다. 혹시 이물질로 기도가 막혀서 숨이 멈추었는지 그 순간 손자의 혀를 힘 있게 꾹꾹 자극시켰다. 몇 초가 지났는지 멈췄던 손자의 혀가 온 힘을 다 해 할머니 손가락을 빨기 시작했다. 본능적으로 살아나려고 온갖 힘을 내는 순간이었다.

시유, 시유가 이제 살아난다. 시유가 계속 할머니 손가락을 빨기 시작하니 이제 됐저. 앞좌석에 앉은 며느리와 아들에게 "살아남저." 이야기를 해도 정신없이 속력을 내고 달려 사고를 안내려고 긴장된 상태였다. 며느리는 유리 창문을 열고 앞 차 옆 차에 손을 저으며 양보해 달라는 신호를 보냈다. 몇 분 후 병원 가까운 데서 신호등에 걸려 앞 차들이 꽉 막혀있어 멈추게 되었다. 운전대 잡은 아들은 옆 선을 타고 전진하고 있어 앞에서 달려오는 차와 부딪혀 대형사고 날 뻔 했다.

위험을 무릅쓰고 병원 입구 쪽으로 차를 꺾고 응급실로 들어갔다. 우리 아기 살펴 달라는 큰 소리를 듣고 얼른 간호사와 의사들이

시유를 시트 위에 놓았다. 추운 겨울 날씨인데도 손자가 입었던 옷을 모두 벗겨 눈꺼풀을 손으로 열어 보는 순간 손자는 소리를 내어 울어댔다. 나는 '이제 시유 살았구나!' 의사의 말로 온도가 39도 5부까지 올라서 경기로 까무러쳐 넘어간 것이니 안도하라는 말을 듣고 시유 엄마는 맥이 풀려 기절 직전이었다. 둘째 임신 초기라는 말에 간호사들이 옆 침대에서 안정을 시켰다.

한 돌도 안 된 어린 손자는 춥고 혼자라는 두려움과 몸이 아파 엄마를 찾는 울음소리가 요란했다. 고사리 같은 손등에 링거 바늘을 꼽으려니 혈관이 터져 이리저리 마구 찔러대다 발등에서 겨우 혈관을 찾고 링거 바늘을 꽂았다. 어른도 링거 바늘 꽂을 때 단 번에 못 찾으면 매우 아픈데 어린 손자가 아프다고 우는 소리에 며느리도 울고 내 마음도 어찌할 바를 몰랐다. 간호사는 항문으로 해열좌약을 깊숙이 집어넣었는데 설사 변을 보아서 두 번 째 좌약을 넣었지만 몇 분이 지나도 열이 안 떨어져 추운 날씨지만 물수건으로 발가벗긴 아기 몸을 닦아주었다. "시유야, 시유야, 미안해. 열이 내려야 하기 때문이야" 며느리도 할머니도 눈물을 글썽이며 30분 이상 물수건으로 닦아 주었다.

한참 후 간호사의 말, "38도로 내려갔습니다. 이제 안심해도 됩니다." 옆에서 시종일관 지켜보던 할아버지 할머니 아들 며느리도

안도의 한숨이 나왔다. "감사합니다, 감사합니다!" 나는 마음속으로 하느님께 저절로 기도를 드렸다.

이제 정신 차리고 보니 나의 발은 신발도 안 신고 맨발로 병원 응급실을 다니고 있었다. 집에서 손자를 가슴에 안고 맨발로 허둥지둥 차에 오른 것이었다. 할아버지는 집에 가서 나의 구두를 가져다주어서 쓴웃음을 지으며 신발을 신었다. 한참 후 손자는 일반 병실로 옮겼다. 나의 손가락이 아파오는 것을 느껴 손을 보니 시유가 모든 힘을 내어 할머니 손가락을 깨물며 빨았는지 손가락 앞뒤로 크게 상처가 나 있었다. 손자의 생과 사의 갈림길에서 그 순간 나는 아픈 줄도 몰랐다. 일주일 연고 약을 바르고 반창고를 붙이니 잘 나았다.

며칠 입원하니 건강을 되찾아 방긋 방긋 웃으며 애교도 부렸다. 두 번 째 시유 동생을 가져 임신 초기 였는데도 엄마는 강해 시유 간병하면서 고생했지만 건강한 모습으로 퇴원하게 되어 할아버지가 운전한 차로 집에 와 평온을 되찾았다. 시유야, 우리 모두는 너의 재롱을 보면서 하루에 몇 번 웃음을 나누며 행복한 순간의 연속이다. 사랑해 시유야!

3대 모여 여행, 즐거웠다

남편은 손자들을 무척 사랑하는 성격이다. 사남매 오누이씩 자식을 낳으니 여덟 명의 손자 손녀를 보았다.

작년에 아들딸에게 손자들 겨울 방학 때 우리 가족 다함께 국내 여행하자고 여행경비는 아버지인 내가 전부 내어 놓겠다 약속을 했다. 이구동성 좋아들 했다.

삼남매는 육지에 사니 제주에 있는 부모와 작은아들 부부 손자 여섯 식구만 비행기 타고 올라가 합류하면 되니 여행 약속 진행은 순조로웠다.

그렇지만 출발 일주일 전 돌발 사태가 생겼다.

서울에 있는 시준 장손 손자가 시험 준비를 위해 방학 동안 학원

에 다녀야 되기 때문에 큰며느리와 장손 손자는 이번에 같이 여행 못하겠다고 전화가 온 것이다. 그 전화를 받은 시아버지는 장손과 큰며느리가 같이 못가는 여행은 의미가 없다하면서 다 취소하라고 아들딸에게 통보했다. 여행 못 가는 큰손자는 오히려 모든 식구들에게 미안해하고 있는데 우리 가족 대장인 할아버지가 노해서 하신 말씀 같아서 며느리와 손자는 이번만 보아주십시오! 뒷날 또 전화를 해 할아버지께 양해를 구했다. 할머니인 나도 속상해서 남편에게 고집부리지 말라고 큰손자가 뜻이 있어 공부를 열심히 하겠다 하는데 착하다 칭찬을 해주어야 되는 일인데 하면서 화를 내어 몇 마디 거들었다. 육지에 있는 두 딸도 전화를 해와 "아버지 이번 여행은 기분 좋게 떠나야 좋습니다. 나머지 일곱 손자들과 우리 모두도 손꼽아 여행을 기다리는데 어린 손자들 기분도 생각해야 됩니다." 남편은 좋다고 흔쾌히 허락하였다.

추운 1월 셋째 주 목요일, 같이 사는 작은아들 식구와 같이 비행기를 타고 큰아들 집에 가 저녁식사를 먹으면서 할아버지는 시준 손자에게 "나는 너를 많이 사랑한다! 처음 가족여행이라서 너를 같이 데리고 나니면서 이 사회가 빠르게 변해나가는 환경을 보고 느끼며 많은 대화를 나누며 여행해보고 싶은 심정이었다"고 손자에게 웃으며 말을 나누었다. 5학년에서 6학년이 될 시준 손자도 "할아버지의

큰 뜻을 알겠습니다. 고맙습니다!"고 했다. 모든 식구들은 웃으며 큰 며느리가 정성들여 차린 음식을 맛있게 먹었다. 작은아들 부부는 결혼해서 형님 집에 처음 왔다. 일곱 번째 시유 손자는 갓 돌을 넘겨 걸음이 서툴러 아장아장 걸어 다니다 넘어지고 오뚝이처럼 일어나 또 걷고 귀염둥이 모습을 보면서 온 가족은 웃음이 터졌다.

금요일. 큰딸, 작은딸 식구들은 강원도 주문진 휴게소에서 모두 만나기로 전화로 약속했다. 금요일 아침 일찍 일어나 밥을 먹고 찻길 한가한 때 출발하자고 해 8시 반 출발하여 1시 쯤 약속된 장소에 다섯 집 식구, 열여섯 명이 만났다.

점심은 주문진 바닷가 부두 유명한 식당에서 싱싱한 회를 많이 먹으라 하는 아버지 말씀에 맛있게 먹고 손자들은 생선 구운 반찬에 맛있게 먹었다. 점심 후 관광객이 많이 찾는 해 뜨는 정동진 바닷가에 갔다. 모래사장을 손자들하고 걷고 뛰놀며 하얀 파도가 부서지는 소리, 갈매기가 노래 부르는 소리, 바닷가의 낭만을 마음껏 즐겼다. 몇 십 년 만에 처음 장시간 폭설이 내리는 올 겨울이었는데 제주에서 떠날 때부터 따뜻하기 시작했고 강원도 바닷가에서 어린 손자들과 뛰어 놀 때도 햇볕이 따스하게 내리쬐어 날씨도 우리 식구들 여행을 반기듯 봄날 같은 따스한 날들의 연속이었다. 2차 경포대 해수욕장을 구경하고 숙소인 그 유명한 설악산 울산바위

앞에 대명리조트 큰 호텔 방으로 들어가 짐을 풀어 정리하고 나니 저녁이 되었다. 속초시 맛있는 식당을 찾아갔다. 오징어순대와 모둠 바다고기 구운 찬이 푸짐하게 나왔다. 오징어순대는 처음 먹어본 음식이라 너무 맛있었다. 9시 숙소로 돌아와 손자 손녀 재롱을 보면서 바로 행복이 이것이구나! 열다섯 식구는 웃음 폭소로 자정을 넘기고 잠을 잤다.

여행 이틀 째 아침은 내가 준비해간 전복으로 죽을 쑤어 온 가족들에게 맛있게 먹으라하며 떠주었다. 두 사위들도 "장모님 죽장사해도 돈 많이 벌겠습니다. 식당에서 사먹은 죽보다 장모님이 만든 전복죽이 최고 맛있습니다." 나를 치켜세워 주어서 나 또한 손자들 먹는 모습을 보며 이번 여행 참 잘 왔구나! 행복한 마음을 가졌다. 특히 12층에서 아침을 먹으며 밖을 보니 울산바위가 우리 코앞에 펼쳐있어 경관이 최고로 너무 좋았다.

여행 셋째 날은 설악산 케이블카 타자는 의견 일치. 한 겨울 날씨는 따뜻한 태양 빛이 내려주는 날 온 가족은 10시까지 케이블카 타러 갔더니 벌써와 줄을 서있어 1시간은 더 줄을 서 기다리다 케이블카를 타고 올라가는데 눈 덮인 설악산이란 것을 실감했다. 한돌 박이 손자도 아버지 품에 안고 산 위 휴게소에서 내려 눈 덮인

산야를 내려다보면서 기분 좋아 웃었다. 너희들은 무척 행복한 손자들이다! 이 할머니는 삼 십 대가 되어서야 비행기를 처음 타보았단다. 빠르게 시대가 변천하는 것을 실감했다. 산에서 내려와 황태 식당을 찾아 맛있는 황태 국을 처음 먹었다. 그날은 피곤해 손자들과 온천 목욕을 하고 숙소로 돌아왔다. 제주도에서 갖고 온 흑돼지 고기를 삶고 돔배고기로 썰고 마음껏 먹게 해주었다. 딸 다섯 식구 먹다가도 남았다. 지금 우리 모든 식구는 행복 그 자체였다.

일요일 각자 식구는 집으로 돌아오는 날이다. 아침 찻길이 한가한 때 출발하자고 짐들을 싸고 10시에 호텔을 출발했다. 아름다운 경치를 구경하며 두 시간 쯤 달리다 보니 폭설이 내리고 있었다. 얼어붙은 호수에서는 관광객들이 얼음 구멍을 뚫어 빙어 낚시하는 광경을 보면서 식당을 찾았다. 된장 칼국수, 빈대떡을 시켜 맛있는 점심을 먹고 출발했다. 서울이 가까워 가니 눈보라가 아주 세게 내려 앞이 잘 안보일 정도였고 차들은 거북이걸음처럼 느리게 즐비해 가곤 했다. 공항 다섯 시 출발인데 시간은 알맞게 네 시에 도착했다.

안산과 수원에 사는 두 딸, 사위, 손자들은 공항에서 이별하는데 초등 1학년 수빈이 외손녀 하는 인사말, "할아버지, 이번에 즐거운 여행이었습니다. 텔레비전에서만 보았던 설악산, 정동진 바닷가, 울산바위 여러 곳 보여 주어서 너무 고맙습니다." 어린 손녀가 말하는

모습을 보며 대견하고 기특하여 헤어짐이 아쉬웠다.

이번에 손자 손녀 삼대가 모여 즐거운 여행을 하게 해준 남편이 고마웠다. 손자들이 상급학교로 올라갈수록 온 가족 두 번 다시없을 여행이라서 보람 있고 행복한 여행의 추억을 생각하며 건강하게 밝은 마음으로 행복한 우리 울타리 가정을 잘 이끌어 나가야 되겠다! 다짐해 본다.

2011년 1월 24일

나의 꿈은 가족이 이루어주다.

지금 생각하면 육십 년 전 나의 유아시절은 산 폭도들이 마을을 습격해오는 날이면 그들을 피해 어두운 야심 꼭꼭 숨으러 다녔던 지난날이 떠오른다. 얼마 없어 4·3사건은 수그러졌고 초등학교에 다니게 되었다. 졸업할 때까지 담임선생님은 몇 번 바뀌어서 지금도 선생님 얼굴들이 눈에 아롱거린다.

지금은 여선생님들이 많아졌지만 나의 초등학교시절에는 남자 선생님 앞에 공부를 배우며 육년을 마쳐 졸업했다. 지금도 살아계신 김규현 선생님을 생각하면 잊히지 않는 추억 하나가 떠오른다. 그 시절 반 아이들과 같이 선생님 집으로 놀러간 적이 있었는데 선생님 사모님께서 맛있는 간식을 해주어서 맛있게 먹고 집으로

돌아왔다. 그날 사모님이 해준 음식과 선생님의 지도 말씀. 집으로 돌아오면서 나는 행복한 미소를 지우며 다짐을 했다. '나의 꿈은 선생님이 될 거야. 아니야, 여유가 없는 가난한 우리 집. 상급학교는 엄두도 못 낼 실정, 먼 훗날 선생님이 안 되면 사모님 소리라도 들으며 살았으면……. 나도 남편의 제자들이 집으로 올 때면 맛있는 음식을 해주어야지.'

어린 나의 마음에 꿈을 갖게 해주신 선생님과 사모님. 그 시절 세끼도 제대로 먹지 못해 살아가는 우리들의 유년시절. 초등학교 졸업시기가 다가오는데 학급전체 학생 중 중학교에 갈 남학생은 10명 내외였고 여자는 5명도 안됐다. 내가 사는 동네는 나 혼자였다. 우리집보다 잘사는 가정도 많았는데 딸들은 아예 상급학교에 안 보낸다는 내력이 있었다. 그래도 나의 어머님은 양태를(삿갓) 손끝으로 짜면서 한푼 두푼 모아서 6km 떨어진 성 안 시내 신성여중에 보내주었다. 그때 에피소드가 있다. 나는 신성여중에 입학금을 냈는데 제주 여중 선배들이 나를 데리고 제주여중 입학식에 데려가 참여했다. 지금의 칼호텔 자리가 옛날 제주여중자리다. 그때 시골 동네 선배언니들이 자기네 모교에 데려가고 싶은 쟁탈전이 벌어졌다.

결국에 나는 수녀님이 있는 학교에 다니고 싶어 신성여중에 다녔다.

검은 고무신을 신고 다니는 내가 가난한 학생으로 보였는지 수녀님은 아이들이 학용품 잊은 것을 주우면 나에게 갖고 가라는 때가 여러 번 있었다. 몇 가지 책도 없어 공부시간에는 옆 짝 친구 것을 같이 보면서 공부했던 생각이 난다.

큰아들이 교육에 몸담고 있고 큰딸은 사범대를 나와 잠깐 교직에 있다 지금은 애기 키우느라 살림만 하고 있다. 어머니가 이루지 못한 꿈을 아들딸이 이루어 주어서 늘 감사하는 마음과 행복한 마음을 갖고 살아간다.

2008년

유격훈련장에서

부모님께

엊그제 면회오신 것 같더니 벌써 두 주일이란 시간이 훌쩍 흘러가고 있습니다. 이번 면회는 제게 다소 뜻깊은, 아니 기억할만한 면회로 생각됩니다. 그동안 간혹 아버님께서 서울에 볼 일이 있어 저를 찾아주셨습니다. 그런데 이번에는 어머님이 함께 저를 찾아오시니 내심 반가왔습니다. 사실, 어머니도 가끔 말씀하시지만, 큰아들의 서울 유학 생활 동안 아들이 어떻게 살고 있는지도 모른 채(물론, 어머니는 저를 믿어서 그렇지만) 그저 도회지 생활을 잘 해가고 있겠거니, 하고 생각만 하고 있다가, 군생활에 매달린 아들을 직접 보러 오셨습니다. 늘, 그렇지만, 부모님 얼굴에서 저를 굳게 믿고 계시다는 점을 읽을 수 있었습니다.

잠시, 어머니 얘기를 할까 합니다. 어머니는 아버지와 달리 태어나서 줄곧 고향에서 삶의 근거지를 잡으셔서 그런지 이따금씩 출타하는 서울에 대해 '거리감'을 두는 것 같습니다. 그 거리감이란, 물론 물리적인 것도 되겠으나, 무엇보다 심리적인 이질감 혹은 도회지에 대한 불안감 같은 게 아닌지 모르겠습니다. 이게 어찌 어머니 개인에게만 한정된 것이겠습니까.

시골의 흙내음과 갯내음을 벗하며 살고 있는 이 땅의 모든 어머니에게서 공통적으로 찾아볼 수 있는 도회지에 대한 심적 '거리감'이랄까요. 그러기에 좀 비약해보면, 도회지가 아닌 자신의 삶의 터에 붙박히시려는 의지가 강해보입니다. 행여나 자신의 살붙이가 그 심리적 이질감을 느끼는 낯선 곳에 정주(定住)하지 않을까 하는 근심…….

어쩌다 얘기가 이렇게 흘렀습니다. 지금, 훈련장에서 잠시 틈을 내어 쓰는 것이라 여기서 펜을 멈춰야겠습니다.

건강하십시오.

※P.S

훈련을 끝낸 자정 무렵 상황근무를 서다가, 불현 듯 몇 자 띄우고 싶어서 펜을 들었습니다. 성의 없게 악필을 보여드려 죄송합니다.

이번 훈련 외에 6월 말에 유격훈련을 끝내면 제 26개월의 군생활도 서서히 막을 내리게 되었습니다. 끝까지 유종의 미를 거둘 수 있도록 성실히 군생활에 임하겠습니다.

어머니!

요즘처럼 제 살길에 채여 있는 사람들 속에서 남을 돕는다는 게 쉽지않은 일인데도, 그러한 일을 제 일처럼 하시는 어머니의 옆모습을 지켜보는 게 그 어떠한 감동어린 드라마를 보는 것, 또는 그 어떠한 가슴저미는 소설을 읽는 것보다 더 큰 살아있는 '감동'으로 다가옵니다. 언제나 그렇듯이 어머니는 남에게 베풀 줄 아시는 그 넉넉한 점을 한아름 가지고 계셔서 제가 여러모로 그러한 어머니의 정을 배우려고 합니다. 저는 비록 어머니처럼 신앙이 없지만 제가 간접적으로 만나는 (책을 통해서나마) 다양한 삶의 인물들의 불행한 구석을 보듬어 안으려고 합니다. 사랑으로써 사랑! 이 단어는 아마도 어머니와 제가 지금 아니 앞으로 계속 할 일에 큰 힘이 될 것이라 믿습니다.

어머니!

저는 어머니의 글을 읽고 또 읽고 비록 어머니의 글 여기저기에 맞춤법이며 문장표현이 틀린 곳이 있지만 어머니의 진실한 '사랑'이 녹아들어 있는 글에서 바로 어머니의 숨결을 느낄 수 있었습니다.

감히 어머니께 이런 말씀을 드려도 괜찮은지 모르겠습니다. "어머니가

자랑스럽습니다. 역시 제 어머니이십니다. 제가 직접 도와드리지 못해 죄송스럽기만 합니다."

열심히 활동하시고 열심히 쓰십시오. 언제 또다시 어머니의 진솔한 글을 교정해드리고 싶습니다.

1996년 5월 29일

경기도 어느 훈련장에서 큰아들 명철 올림

늘 모든 것을 사랑으로 감싸는 어머님

늘 넉넉하고 푸근하게 대해주시는 어머님께 고마움을 느끼면서도 그동안 제대로 표현하지도 못하고 죄송한 마음입니다. 이번 제사에는 늦게 내려가는 바람에 일도 제대로 도와드리지 못해서 더군다나 죄송하고요. 며느리 노릇을 잘 못하지요? 전화도 자주 드리고 특별한 일 아니더라도 찾아뵙고 그래야 하는데 그동안 많이 소홀했다는 생각이 들면서 한없이 너그러이 보아 넘겨주시는 어머님께 고마울 따름입니다. 이번에 내려가서 외할머님의 말씀을 듣게 되었어요. 당신은 절에 모셨으면 좋으시겠다고 그동안 살아온 이야기를 하시며 저에게 부탁 하시더라고요. 어머님께서 당신의 생각을 들으시려 않으신다고 당신의 생각을 잘 좀 전해주라시며. 그러한 할머님의 말씀을 들으며 그동안 고단하게 살아왔던 할머님의 일생이 눈에 보이더군요. 생전의 삶이 그리도 고단했는데 돌아가신 후를 부담스러워하시는 할머님이 안타까워 눈시울이 더워지기도 했고요.

그런 할머님의 모습을 뵈면서 아직 정정하신 할머님을 두고 돌아가신 후를 생각한다는 게 뭐하지만 어머님의 마음을 이어 저도 잘 모셔드려야겠

구나 새삼 생각을 다져볼 수 있었어요 항상 자식들을 걱정하시는 부모님의 마음을 할머님을 통해 다시금 절실히 느끼면서 부족하기만한 저의 모습을 돌아보는 시간이기도 했고요.

어머님, 앞으로 할머님께서 이런 말씀을 하시면 안심시켜드리세요. 주선이가 잘 모셔드린다고 했다고 아무 걱정 마시라고 확인시켜주시고요.

도련님 사고난 후 고생이 많으신데 무엇하나 거들어드리지 못해 죄송합니다. 그래도 부모님 걱정끼쳐드리지 않고 잘사는 것이 부모님 마음 편하게 해드리는 것이라 생각하고 열심히 살아갈게요.

이번 어버이날은 얼마 되지도 않는 봉투만 달랑 드린 것 같아 못내 죄송해요. 얼마 되지는 않지만 필요한 것 구입하시는데 보탬이 되었으면 합니다. 짧은 하루였지만 이번에 내려가서 느꼈던 생각들을 어머님께 전하고 싶어서 이렇게 편지를 띄웁니다.

늘 모든 것을 사랑으로 감싸안는 어머님의 모습을 보며 많은 것을 배운답니다. 그럼 이만 줄이겠습니다.

2001년 5월 8일 큰며느리 올림

 엄마

무심코 올려다보는 하늘이 예뻐 보이고 선선하게 불어오는 바람에 고마움을 느낄 수 있는 그런 나이가 나도 되었나 보다. 결혼하고 애 둘 키우며 초등학교 5학년, 2학년이 된 지금 난 40을 훌쩍 넘는 중년이 되어 있다. 고향을 떠나 수원에서 10여 년을 살면서 제주도에 계신 부모님 생각을 더욱더 많이 하게 된다.

특히 친정 엄마 이순자 여사…… 내게 있어 친정 엄마는 나의 힘이 되어주는 그런 롤모델 같은 존재이다. 애 둘 키우며 힘들어할 때 비록 가까운 곳에는 없었지만 수화기 넘어 들려오는 목소리를 들으면 맘이 편안해지고 모든 일이 술술 풀린 듯 했다. 수빈이가 어릴 적부터 많이 아파 병원에 입원했을 때 멀리 제주도에서 한달음에 달려와 어린 수빈이를 간호하셨다. 그날도, 난 의사 선생님보다 엄마를 보는 순간 더 안심이 되었으니……

내가 엄마라는 이름을 갖는 그 순간부터 난 더욱 친정 엄마가 많이 생각나게 되었고 참 고마웠었다. 우리 4남매를 키우시며 경제적으로 힘들었던

그 시절에도 시장 갔다 오면서 검정봉지에 팥도넛을 사오셔서 주었던 기억과 공부하라는 잔소리 없이 늘 믿어주셨던 엄마였다. 난 지금 우리 애들에게 잘하고 있는지 새삼 부끄러워진다.

그런 친정엄마가 칠순이 되었다. 여전히 제주도에 내려갈 때마다 그곳에 늘 계시면서 반갑게 웃어주는 엄마…… 한번도 '사랑한다. 존경한다.' 말로 표현 못 하는 애교 없는 딸이지만 이 글로 대신하려고 한다.

"엄마, 오래오래 건강하시고 활동적으로 생활하시고 있는 모습을 보면 정말 자랑스럽습니다. 그리고 존경하고 사랑합니다"

작은딸 명금이가

뿌리가 튼튼한 큰 나무 같은 엄마의 모습

결혼을 한지 10년이 넘었다. 결혼과 동시에 제주를 떠났고, 두 아이의 엄마가 되어 지금은 호연이 호건이 엄마로 살고 있다. 내 이름과는 별개로 누구누구의 엄마로 살고 있는 것이 당연시 되고 있고 그럴수록 제주도에 살고 있는 엄마가 더 많이 그립고 생각난다. 늘 내 곁에 있었고 어려운 일이 있으면 항상 도움을 줬던 엄마이기에, 이곳 안산에서 결혼생활을 하면서 엄마의 고마움을 새삼 더 느끼게 해준다.

엄마처럼 우리 애들에게 강하고 튼튼한 큰 나무가 되어주고 싶다. 이곳에서 생활하면서 애들이 아프거나, 내 몸이 아플 때 엄마 생각이 더 간절하다. 가까운 곳에 같이 살고 있더라면 엄마의 도움을 받을 수 있었을 테고, 울 애들이 커가는 모습을 더 자주 보여줄수 있을 텐데하는 아쉬움이 많다. 명절 때 제주도에 내려가면 엄마의 나이 들어 가는 모습이 선명히 보인다. 여전히 활동적이고 건강하고 에너지가 넘치시지만, 종종 힘들어 하는 모습이 보이고, 머리도 많이 히끗히끗하고, 무릎도 안 좋아보신다. 그런 모습을 볼 때면 엄마가 이젠 많이 나이가 들었구나 하고 새삼 느낀다.

엄마는 평생 에너지가 넘치시고 늘 우리 걱정거리나 고민거리를 해결해주는 해결사 역할을 할 것 같았는데 말이다. 하지만 여전히 내 고민거리나 살림살이를 걱정해주신다. 여기서 살면서 한번도 생선을 사본 적이 없는 것 같다. 엄마가 계절이 바뀔 때 마다 생선을 보내주시고, 이것저것 양념거리나 애들 간식거리를 보내주신다. 살림에 많이 보탬은 되지만, 엄마가 힘들까봐 안 보내줘도 된다고 말하지만, 엄마는 이것저것 보내는 것이 낙인 것 같다. 제주도에서 오는 택배상자를 볼 때 마다 항상 엄마가 고맙고, 애들도 너무 좋아한다.

그런 엄마가 어느덧 70살이 넘으셨다. 지금도 그렇지만 앞으로도 내게는 뿌리가 튼튼하고 잎이 무성한 큰 나무 같은 엄마의 모습은 변치 않을 것이다. 나 역시 그런 엄마의 모습으로 우리 애들의 엄마가 되고 싶고, 울 엄마 같은 엄마가 되는 것이 내 바람이기도 하다. 엄마에게'고맙다, 사랑한다'라는 말을 제대로 해본 적이 없어서 미안하다.
엄마! 늘 고맙고 지금처럼 건강하게 살아주세요! 사랑해요 엄마!!!

큰딸 명주가

 할머니 사랑해요

할머니, 안녕하세요? 저 손녀 혜민이예요.

그동안 평안하셨지요?

제가 할머니의 일기를 보고 감동해 쓰는 글입니다. 제주도 할머니의 일기는 누가 봐도 인상 깊었습니다.

저는 할머니의 일기를 보니 슬픈 게 많았습니다. 할머니의 일기에서 저는 배웠습니다. '아! 일기는 이렇게 쓰는 거구나' 하고 말입니다.

할머니는 연세가 많이 드셨지만 자신감이 넘치고 항상 웃는 할머니입니다 할머니는 일기를 쓸 때 문장부호와 글자를 많이 틀리시는 것을 일기장에서 보았습니다. 하지만 나름대로 훌륭한 할머니입니다. 절대로 존경하지 않을 수가 없습니다.

그거뿐만이 아닙니다. 저는 할머니가 말씀하시는 그 입 속에서 들었습니다. 수많은 고통과 슬픔, 행복들을 말씀하였습니다.

저는 일기장에서 참으로 딱한 사정을 보았습니다. 저의 눈이 너무 슬펐나봅니다. 이야기해 주겠습니다. 할머니의 시어머니가 치매에 걸렸다는

사실입니다. 벌써부터 저의 눈에서 눈물이 뚝뚝 흘러내렸습니다. 저는 일기장에 떨어진 눈물을 닦아내고 눈에 맺혀 있는 눈물도 닦아냈습니다. 다음 문장을 봤습니다. 저는 또다시 깨달았고 배웠습니다.

'아! 일기에는 자기의 생각, 느낌, 감정뿐만 아니라 자기가 깨달은 것과 알게된 것도 쓰는 것이구나'하고 말입니다. 할머니는 참으로 대단한 분인 것 같다는 생각이 들었습니다. 저도 할머니처럼 위대하고 훌륭한 사람이 되겠다고 결심하고 저 자신과 약속했습니다.

할머니, 사랑해요.

2012년 5월 20일

할머니의 손녀 혜민 올림

*제13회 2012 대한민국 편지쓰기 대회

초등부 은상(서울지방우정청장상) 수상작(서울 숭덕초 2학년 당시)

할머니 이름으로 삼행시 짓기

이 이 사람은 참 멋진 사람이네

순 순자 할머니는 나의 자랑스러운 할머니라네

자 자신의 인생을 멋지게 살아가는 우리할머니는 최고로 멋지다

할머니는 사랑을 파는 가게주인

할머니는 나랑 이야기를 나누면 이런 이야기를 꼭 하는 것 같다. 어려운 친구들이 내 주위에 있다면 도와주라는 이야기다. 그 말을 듣기 싫었지만 그 말을 듣고 도와주다 보니 내가 친구들과 어울리면서 사이좋게 지낼 수 있던 것 같다. 할머니를 비유한다면 "사랑을 파는 가게주인" 같다. 할머니는 그 일을 즐거워하는 것 같아 보인다. 봉사활동을 하면서 많은 것들을 알았다는 할머니가 날 기쁘게 해준다. 또 소중하고 가치가 있는 지난 할머니의 인생이 담아있는 글을 많이 봤기 때문에 할머니의 기뻤던 추억, 슬펐던 추억이 상상 된다. 난 할머니의 사랑에 날개를 다는 아르바이트 학생이 되면 좋겠다. 할머니의 말씀을 마음속으로 새기고 할머니와 나, 내가 좋아하는 사람들이 지금처럼 건강하게 살면 그것보다 큰 소원이 없을 것이다. 내 할머니는 사람들을 도울 줄 아는 위대한 사람이다.

이 글을 보는 사람들이 할머니의 사랑을 사는 손님이면 좋겠다. 할머니의 손녀로서 할머니가 참 자랑스럽다. 사랑을 베풀고 나면 자기와 다른 사람들도 행복해진다. 남이 나 덕분에 웃고, 나도 덩달아 행복해지기 때문이다.

지금이라도 나, 할머니뿐만 아니라 모든 사람들이 어려운 이웃, 사람들을 서로 도와주면서 행복하게 살아서 자기의 인생을 멋있게 꾸미면 그 사람은 인생을 행복하게 사는 멋진 사람이다. 할머니의 일은 세상에서 가장 아름답고 가치가 있는 참 좋은 일이다^^

2012년 9월 16일 일요일

할머니의 손녀 수빈이

식구들 모두 고마워 사랑한다

2013년 추석명절은 열여덟 대가족이 한데 모여 집안을 꽉 채웠다. 육지에서 삶의 터전을 잡고 살아가는 삼남매 가족들이 모두 내려왔다. 특히 여덟 손자들 재롱 덕분에 할아버지 할머니 모두 손뼉 치며 웃음꽃을 피었다. 남편이 하는 말 "한 사람도 빠지지 않아 좋은 기회로구나. 대가족 사진을 찍어야 좋을 것 같다." 추석 뒷날 사진을 찍고 며칠 후 사진을 찾아와 벽에 걸고 매일 감상 해 보니까 우리 부부는 외롭지 않다는 생각이 든다.

사남매 좋은 짝을 만나서 아들 딸 잘 낳아 기르는 것을 보면 우리부부는 물질적인 부자는 아니지만 세상에 부러울 것이 없어 마음이 늘 행복함을 갖고 산다. 늦었지만 식구들에게 단 한번 고맙다, 사랑한다는 말을 전하지 못했다는 마음을 가지면서 글로라도 표현하고 싶어 팬을 들었다.

첫째로 남편의 고마움을 너무 많이 받아서 작은 것 하나 잊을 수 없다. 친정 아들이 없는 나를 만나서 나의 친정 모든 일을 아들 못지않게 궂은 일, 힘든 일 다 맡아 처리 해주고 살으면서 경제적으로 힘든 때가 많이

있었다. 그 중 잊지 못하는 사건이 하나 있었다. 30년 전 자그마한 땅을 마련하고 목수에게 인건비를 주고 30평 건물을 지을 때 자재 값, 인건비, 손수 내가 지불하게 계약 되었다. 돈 지불 하다 보니 노란 봉투에 전기 시공할 돈이 있었는데 그 거금이 든 봉투가 갑자기 없어졌다. 남편은 그 때의 사건을 잊었을지 모르나 그 당시에는 70만원이고 지금 같으면 700만 원과 같은 거금이 든 봉투를 다 잃어버렸다. 나는 마음과 육신이 폭삭 주저앉은 기분이었다. 한 가지 한 가지 잘 지불하고 영수증 봉투 받고 잘 챙겼는데 전기 시설이 끝나 돈을 주려고 준비한 돈 봉투가 없어졌다. 믿기지가 않아서 하루 종일 내가 다녔던 장소를 다 찾아 다녔다. 그대로 돌아온 나에게 남편이 하는 말 "마음 크게 상하지 말아 몸이 아프면 안 된다고 집 지을 전체 계약에 이미 들어가 있는 돈으로 생각해" 괜히 마음먹으라고 이 못난 부인을 위로해 주었다. 나는 너무 고마워서 눈물이 났다. 한참 후 영수증 받은 노란봉투가 여러 개 있었는데 하나하나 꺼내어 속을 보니 잃어버렸던 돈 봉투가 영수증 봉투 속에 끼어 있었다. '하느님 감사합니다. 기쁨에 눈물이 저절로 나왔다. 지금까지 늘 고맙고 감사합니다,

사랑합니다. 영원히~!!!'

큰아들 명철 45년 전 첫 아들을 낳아 기르면서 공부하라 한번 시키지 않아도 스스로 했다. "공부는 나의 놀이나 마찬가지 입니다." 부모에게 걱정 한번 끼친 일이 없다. 도서실 한번 안 가고, 학원이란 곳 구경도 안 하고 방 하나, 책상에 앉아 시간 가는 줄도 모른채 공부 하는 것을 보았다. 초등학교 1학년부터 중학교 입학 할 때는 전 학년 수석으로 입학했고 대학 졸업할 때도 학교 전체 수석 졸업의 영예를 안았다. 그 덕에 청와대에서 전국 대학 수석 졸업 생활 부모초청을 해주어서 김영삼 대통령 때 수석 학생과 학부모들과 같이 추어탕 음식을 대접 받았다. 지금은 서울에서 교수 자리로 성공한 큰아들을 생각하면 나는 힘이 나고 행복하다. 고맙고, 감사하고, 사랑한다. 큰아들아~!!!

큰며느리 주선아, 나는 전화 할 때나 일상생활의 대화 속에서도 이름을 부른다. 아들이 전화 받으면 주선이 바꾸라 생각과 마음이 일치하는 며느리다. 시집와서 지금까지 며느리도 부담 없이 가정 일을 서로 의논하며 친구같은 며느리다. 남편 뒷바라지 잘하고 아들 딸 잘 키우고 시어머니 다니는 가톨릭 신앙을 믿고 10000여 명 다니는 큰 성당에서 수녀님을 모시고 어려운 독거노인 가정들을 찾아다니며 봉사하고 있다. 교회의 종무

간부를 맡아 몇 년 척척 잘해내고 있다. 힘겹고 어려울 때엔 어머님 저 요즘 이렇게 살아갑니다. 전화로 상의도 하고 시어머니 나보다 더 남을 이해하는 마음이 착하고 고맙다.

어려운 일을 마다하지 않고 묵묵히 봉사하다 보면 주선이 너 마음도 더 행복하다고 격려를 해준다. 어머니 맞는 말입니다. 전화 속에서 우리는 신앙으로 살아가며 통하는 대화를 많이 나누며 행복을 맛보는 고부다. 주선아 지금까지 살아오듯 주위에 어려운 이웃이 보이면 나의 가족으로 생각하며 더불어 살아가자 앞으로 우리가정 더 밝고 행복할거야. 고마워 감사하고 사랑한다. 주선아 믿는다.

큰딸 작은딸 명주야 명금아 시집가서 알뜰히 잘 살아가는 모습을 보면 너무 고맙다. 명주가 사범대 영어 교육과를 나와 영어과 조교로 첫 근무 하면서 첫 봉급 탔을 때 어머니 알아서 통장관리 해주십시오, 하면서 알뜰히 가계부 쓰는 너희 고운마음을 보면서 참 착한 딸이구나 생각했단다. 25년 전 너희 가계부 지금도 어머니 가계부 옆에 꽂혀있다. 가끔 명주가 첫 가계부 쓸 때 계획한 첫 장에 몇 가지 명주가 써넣은 너와의 약속을 쓴 글씨를 들어다본다.

첫째 — 매일매일 가계부를 적자.

둘째 — 필요 없는 지출 하지 않기.

셋째 — 항상 밝고 가족을 생각하자.

넷째 — 모든 것을 사랑하자.

명주는 계획한대로 시집 갈 때까지 통장을 어머니가 관리 해주었고 시집 갈 때 작은 예단이며 혼수 준비까지 명주가 다 해결해 주었다. 명금 동생도 연애를 먼저 해 똑같이 어머니가 통장 관리해서 형제 스스로 혼수 준비 해결해 결혼하니 넉넉치 못한 부모는 한시름 놓았단다. 명금 작은딸도 시집가서 천재같은 수빈 딸을 키우느라 처녀 때 유행에 앞서가는 숙녀는 어디가고 알뜰살뜰 남편 뒷바라지 잘하면서 오누이 아이들을 잘 키워가니 두 딸을 바라보는 부모는 행복하다.

큰사위, 부처님 같이 온화한 얼굴에 듬직한 체격, 어진마음에 성격을 소유한 사위 살아가는 모습을 보며 풍기는 말, 행동, 마음가짐 칭찬 하고 싶은 호연 호건 아버지구나. 영원히 건강한 가정으로 살아갈거야 호건 아들, 큰 일꾼이 될 거야. 사랑한다, 큰사위.

작은사위 수빈 민준 두 아이 아버지 창근사위, 성격이 사근사근하고 행동이 빠른 사위, 식당가서 계산할 때면 먼저 계산하는 정이 많고 씩씩한 성품, 고향에 있는 장인장모 앞에 전화 안부도 많이 걸어주는 고마운 사위다. 특히 이층에 사는 작은 처남과 의견이 맞아 잘 소통하는 사위, 장모가 모르는 일도 어려운 일이 있으면 두 처남이 소통하고 나중에 나의 귀에 들어오곤 했다.

서울 큰 병원에서 장인과 처남이 입원했을 때도 두 사위가 앞장서서 병원일 뒷바라지하고 큰 사위 작은사위 큰아들 서울, 안산, 수원에 떨어져 살아도 서로 의기투합해서 모든 일을 의논하고 단합해서 자주 만난다니 고향 부모는 행복하게 느낀단다.

삼남매 언제인가 퇴직 후 고향에 내려오기 전까지 지금처럼 자주 만나 아이들 커가는 교육도 의논하며 행복하게 살아가렴. 어머니 바람이 있다면 두 딸 가정도 성가정을 이루어 열심히 신앙생활도 했으면 좋겠다. 아이들 사춘기 때 교회생활 잘하면 비틀어진 성격은 고민 안해도 될 거라고 어머니는 그리 믿는다.

두 딸, 두 사위 고맙다. 사랑한다.

고향을 지키겠다고 육지의 직장을 그만두고 부모님하고 같이 살아가는 작은아들, 직장 갖고 결혼해 두 아들 낳아 키우며 부모는 고맙다. 어린 두 손자 이 재롱을 보면서 늙어감에 외롭지 않아 웃음이 떠나지 않는다. 그동안 작은아들이 액운이 겹쳐 육신과 마음이 아플 때가 몇 번 있었지. 그때그때 어머니가 옆에 있어 아들이 눈치만 봐도 무슨 일이 일어났구나 같이 걱정했고, 해결의 실마리를 찾았지. 아들아, 지금까지는 나쁜 액운이 많이 겹쳤지만 죽기 아니면 살기로 어떻게 요즘은 숨통이 트였다. 곁에서 지켜보는 작은며느리도 속이 많이 상했지.

앞으로 살아갈 날이 많은 너희 부부 서로를 존경하고 이해하며 지난 궂은 날들을 겪었으니 앞으로는 좋은 날이 이어질 거야. 비바람 치는 궂은 날이 지나면 햇빛이 쨍쨍한 날도 있듯이 우리가 살아가는 날도 자연의 형상과도 똑같단다. 불행과 행복도 긍정의 마음먹기에 달렸다. 몇 년 동안은 철없는 행동에 시어머니와 소통이 안 돼 나도 힘들었단다. 2013년도 작년에 은형이는 어머니 철들게 해주셔서 고맙습니다. 편지를 나에게 주었지. 그래, 착하구나. 요즘에는 똑같이 어머니 앞에 예하며 의논도 잘하고 소통이 잘 되어 나의 마음도 편하고 고맙다. 작은아들, 며느리야. 부모님 말씀 한마디가 너희들 아끼고 사랑해서 하는 말이니 이해하렴. 옆에

두 손자가 있어 외롭지 않구나. 사남매 부부 자식들아 너희들 화목하게 살아가는 모습을 보며 고맙고 행복하고 사랑한다.

손자들, 앞으로 화가의 길을 가는 성품 고운 천재적인 재능을 가진 시준 장손 손자, 착하다. 못하는 것이 없고 만능의 재능을 가진 혜민 손녀, 모범상이며, 모든 상을 다 타오는 천재 수빈손녀, 순하고 순돌이 같은 성품에 원숭이 춤을 잘 추어서 모든 식구들 웃기게 하는 수빈이 동생 민준이도 착하다. 초등학교 3학년인데 반 예술제 때 대표로 영어 노래를 불러서 박수를 받았다는 호연 손녀. 동생 호건 허허벌판에 혼자 있어도 살아날 머리 잘 쓰는 똑똑한 6살 호건 손자. 옆에서 재롱을 부려 매일 할아버지 할머니를 즐겁게 하는 두 손자 시유 시온, 사랑하고 사랑한다. 손자들과 자식 너희들이 있어 행복하고 고맙다. 사랑한다. 아버지 어머니의 따뜻한 마음 알아주려무나.

2014년 1월 11일

부정만리 夫情萬里

뭘 써야겠다고 문자판에 손을 얹으니,

문득 떠오른 것이 소월의 〈가는 길〉이다.

그립다

말을 할까

하니 그리워

그냥 갈까

그래도

다시 더 한 번…

저 산에도 까마귀, 들에 까마귀

서산에노 해진나고

지저귑니다.

앞 강물 뒷 강물,

흐르는 물은

어서 따라 오라고 따라 가자고

흘러도 연달아 흐릅디다려.

이처럼 소월은 동경유학에 오르면서 그 아내와 떨어져야 하는 석별의 정을 토로했던 것이다. 장황한 사연보다 더 진하고 애틋한 그리움이 사무친다. 가슴이 곧잘 붉게 설레던 학창시절에는

"그립다

말을 할까

하니 그리워

그냥 갈까

그래도

다시 더 한번…"

읽을수록 간절해서 마냥 좋았다. 웬 걸 요즈막은 그보다도

"저 산에도 까마귀, 들에 까마귀,

서산에도 해 진다고

지저귑니다."

요 구절이 더 가슴에 와 닿는다. 왜일까? 까마귀란 녀석이 해가 진다고 지저귀는 것이, 별로 달갑지 않아서 그렇다. 인생칠십고래희(人生七十古來稀)가 아닌가. 옛날 같으면 산자락에 가서 누워 있을 때다. 그러니 지금의 처지가 산마루에 걸린 해나 다름없다. 아무리 노을 녘의 황홀하다지만 잠시 잠깐일 뿐이다. 누가 먼저 갈지 모른다. 그 길은 서열이 없으니까.

돌이켜 보면 올해가 잠자리를 같이한 지 마흔다섯 해다. 1969년 10월 10일 남들처럼 신부를 위해 시집에서 차린 '곶인상'도 못 받았던 새각시! 아니 면사포만 썼던 여인네다. 그래도 투정 한마디 않고 여필종부(女必從夫)가 당연한 것으로 알고 오늘의 우리 가정을 있게 만든 마돈나다. 셋 방살이를 징검다리로 삼아 여덟 번째야 지금의 '제주시 도남로 108호'에

똬리를 틀기까지는 여섯 식구의 장바구니 무게를 의식하기 일쑤였다. 더욱이 시댁 노모님과 친정 노모님을 모시기도 하고 상례며 기제사를 도맡아 치러야 하는 노고는 잊을 수가 없다. 시간이 흐를수록 그게 얼마나 뿌듯한지 모른다. 자기를 있게 한 부모님들을 마지막까지 보살피고 배웅할 수 있었다는 것이 여간한 행복이 아니니까.

또 아침마다 짜주는 녹즙의 맛! 외출했다가도 시간 맞춰 돌아와 챙겨 주는 점심! 약을 책상위에 받아 앉고도 깜빡해서 안 먹고 시간을 넘길 때가 비일비재다. 그걸 알고 난 후부턴 늘 와서 확인하고는 "이 어룬 나 엇이민 오래 못 살앙 재기 죽을 거라." 귀에 쟁쟁하다.

여보! 더 써야 할 굵직굵직한 내용들이 어찌 이것뿐이겠소. 그것을 다 쓰려면 내가 자서전을 쓰는 수밖에 없을 것 같아 이만 줄이리다. 끝으로 식탁에 앉을 때면 듣고 싶어 하는 말 있죠. 여기서 그간에 못한 것 곱빼기로 할게요.

"촘 맛 좋다!"

2013년 10월 서재에서 남편

세번째 이야기

기도, 신앙, 봉사의 나날들

기도 · 나의 신앙생활 · 더불어 사는 행복 · 아들과 함께 · 어느 장애자의 환한 웃음 · 기다리는 마음들 · 고모라 부르는 아이들 · 우울증은 여인의 마음을 닫으려 했다 · 나의 가족으로 보면 · 할머니는 외로워 · 황할머님의 주거 · 90세 할머니 교리 공부 · 이웃 할머니의 주거환경 · 푸드뱅크음식 · 김장 봉사 하는 날 · 제대 병원 원목실 · 병원 원목실 봉사자 교육 발표 사례문 · 아녜스 편지 · 소피아 편지 · 84세 익생 할아버지

기도

나의 기도는 시도 때도 장소도 가리지 않고 하느님 앞에 말씀 드리며 살아간다. 대문을 나서고 걸음을 걸으며 머리에서 기도 시작 명령이 마음을 꿈틀거리게 한다.

나는 화살기도를 많이 한다. 가톨릭에서 화살기도란 화살 같이 빨리 날아가 정해진 점에 맞듯이 집안 식구를 위해서 아니면 이웃을 위해서 하느님께 고하고 하느님의 응답을 듣는다. 버스 속에서도 자연의 사물을 바라보면서 묵주기도를 한다. 이제 칠십을 먹다 보니 지녁잠이 얼른 안 는다. 그럴 때 손에 든 묵주 알을 돌리며 기도를 하다보면 어느 사이에 잠이 든다. 새벽녘 깨어나 손에 든 묵주 알이 어느 단 몇 알에서 멈추어 잠이 들었다는 것을 알게 된다.

아침 운동으로 소공원을 돌면서 묵주 기도를 하면서 일과를 시작한다. 만일 신앙이 없이 하느님께 드리는 기도가 없었다면 수많은 동물과 다를 바 없는 무기력한 삶, 생각만 해도 바보 같은 삶이 아닌가.

행복은 마음먹기에 달렸다고 하고 싶다. 그 누구도 어떠한 상황이 닥쳐 약해질 때라도 어느 특정한 종교를 초월해 신앙을 믿고 깨달음이 있다면 행복한 사람이다. 그래서 기도를 하다 보면 나 자신을 사랑하고 식구와 이웃을 사랑하며 더불어 살아가라는 하느님의 따스한 음성을 듣는 것과 같아 행복을 느끼게 된다.

나는 48년 신앙생활을 하면서 주 1회 레지오 활동을 하고 저녁 회합에 참석한다. 레지오회란 주 2시간 이상 봉사를 하면서 영적이든 육신이든 이웃을 위해 사랑의 봉사를 하며 신앙생활을 하는 형제자매 단체이다. 1년에 성탄 전야미사 부활 성야미사 때는 레지오 2차 회식이 있고 5회 정도는 저녁 10시를 넘어 시간이 늦어질 때가 있다. 어두운 밤 대문 밖에서 남편이 화내지 않게 해주시라고 화살기도 올리며 집으로 들어간다. 몇 십 년 한 번도 화를 내지 않았다. 남편을 더 존경하고 고마웠다. 마음속으로 하느님 감사합니다. 나의 삶은 든든한 하느님이 빽이다라고 하고 싶다. 남편을 만나 결혼해 아이들을 키우며 두 어머님을 모시며 바쁜 나날들 와중에도

나를 지켜주시는 하느님이 계셔서 오늘날까지 주 몇 시간 이웃을 위해 나눔을 갖고 사는 것도 행복하다. 무수한 환자들, 암병동 환자를 만날 때도 신통하게 자유 기도가 저절로 나오고 어떤 환자는 눈물을 흘리고 있었다. 성령님 감사합니다. 병실을 나오면서 하느님 감사합니다. 사랑합니다. 절대자 무한하신 하느님의 영광을 찬미합니다. 아멘!

2014년 8월 30일

나의 신앙생활

어머니는 절에 불공드리러 가니 수업이 끝나면 절간에 오라 하였다. 내 나이 열 살 무렵 삼양에서도 떨어진 웃드리(변두리)동련동과 봉개 등을 지나 세미동네에 있는 절간이었다.

어린 나는 수업이 빨리 끝나기를 바랬다. 뛰면서 걸으면서 숨가쁘게 달려 2km 떨어진 어머니가 있는 절에 도착한다. 어머니는 부엌에서 불을 때며 법당에 차려놓을 음식을 준비하고 있다고 딸인 나앞에 하얀 돌깨떡을 주어 자주 먹었다. 꿀떡 같은 절음식이 얼마나 맛있었는지 모른다.

그때 내가 본 법당의 부처님은 큰 나무 밑 잔디 위에 돌 석상이 몇 개 앉아있고 그 앞에 돌제단에 음식을 올려 부처님 앞에 큰스님,

주지할머님이 목탁을 두드리며 불경을 읽으며 불공드리는 모습을 보았다. 지금 생각해 보면 그 석상들이 지금의 화려한 금색을 입힌 동으로 만든 부처님을 대신한 돌부처님이었다.

요즘도 세미동네 그 절간이 있는지 내가 처음 접해본 우리 어머니의 신앙의 대상은 돌부처님이었다. 저희 두자매를 위해 부처님께 빌고 또 빌고 절하는 모습을 보며 자랐다.

몇 해가 지나 성안 지금의 동문통에 방을 빌어 살게 되었을 때, 어머니는 일찍 일어나 새벽 동틀 무렵 울타리 돌 위에 물 한 그릇 떠놓고 동녘 하늘을 보며 두 손 합장해 기도하고 있었다. 나는 눈 감은 척 잠자리에서 기척도 못내고 그 모습을 자주 보았다. 아마도 두 딸, 건강하고 잘키워주십사하는 기도의 음성이었을 것이다. 지금의 나도 식구들을 위해 그런 정성의 기도가 연속이다.

나는 50년 전 그 당시 신성여중에 다녔다. 종교 학교라 교장선생님도 외국신부님이다. 생각난다. 존던 신부님. 수녀님은 검정색 옷을 입고 머리에 쓴 백색 모자를 보면서 천사같이 보였고 나는 그 수녀님의 모습을 그리며 동경의 대상을 꿈도 꾸어 보았다. 일주일에 한 시간 수업은 성경 시간이 있어 수녀님이 수업시간에 들어와 하나님이란 누구며 세상창조와 인간 사람의 몸을 빌어 태어난 신의 존재 즉 예수님의 일생, 깊숙하게는 아니지만 카톨릭 종교는 이렇구나 짐

작케해주는 성경시간이었다. 우리 분단은 성당내부 청소를 자주하면서 예수님 십자가 상을 보고 성모님 상을 보면서 나는 마음 속으로 기도를 많이했다. 어머님이 부처님 앞에서 올리는 정성의 기도를 이해하게 되었고 하느님의 존재 나의 신앙의 대상에 대해서 눈을 뜨게 되었다.

그 시절 오 십 년 전 이야기다. 신부님들은 외국 신부님들이었다. 한국 신부님 숫자가 적어서 지금의 주교좌 성당, 그때는 중앙성당인데 주임신부는 코가 큰 외국신부였다. 나는 많은 생각을 했다. 이국 만리 외국땅, 죽도 먹지 못할 정도로 이 가난한 나라 특히 제주도 섬까지 와서 신앙을 모르는 우리에게 교리를 가르쳐 영세를 주려고 전교활동을 위해 고향 부모형제 모든 행복을 버리고 오셨구나, 그 때 내가 신앙을 믿게 되면 카톨릭 교회를 다녀야 하겠다. 마음으로부터 굳게 약속을 다짐했고 동기가 되었다.

20세 이후 중앙성당에서 일 년 간 교리를 받고 율리안나라는 세례명을 받고 영세를 받던 날, 나는 기쁨의 눈물, 감사의 눈물을 많이 흘렸다. 23년간 알게모르게 지은 죄, 신부님께서 나의 이마에 축성된 물로 다 씻어주는 순간이기 때문이다.

나는 어머님 앞에 미안하기도 했다. 어머님은 그토록 부처님 앞에 절을 하며 두 딸을 위해 기도를 바치시는데 영세를 받기 전 어머님

앞에 사정 얘기를 드렸다. 하느님을 믿는 신자가 되겠습니다. 이해해주십사 했었다. 어머니는 화를 많이 낼 줄 알았는데, 얘야 나는 부처님 가르침이 좋아 불교를 다니지만, 너는 하느님 가르침이 좋아 믿겠다 하는데 내가 막을 수 없다하시며 서로 종교는 다르지만 믿을 바엔 정성을 다해 이 세상 끝날 때까지 고운 마음으로 잘 의지해 믿어야한다고 나의 마음을 더 헤아려 주셨다.

나의 어머니는 병상에 누워 있기 전 80세까지 정실마을 월정사란 큰 절에서 부석공양주란 칭호의 말을 들으며 봉사하였다. 어머니가 돌아가신 후 49구제도 월정사에서 성대하게 치루어드렸다.

옛날, 모두가 가난해서 배우지는 못한 어머니이지만 현명한 판단으로 이 딸을 이해해주어서 존경합니다, 훌륭합니다, 친구들에게 많은 자랑을 했다. 요즘 많이 배운 시부모, 자식, 형제간에도 큰대소사일이 있을 때 갈등과 불화가 많이 있는 것을 종종보고 있어 내가 믿지 않는 타종교도 존경해야 좋을 듯하기 때문이다.

이제는 말할 수 있지만 나는 종교를 갖지 않은 남편을 만나 한 살 터울로 사남매 아이들을 키우며 교회를 다니려니 정신적으로 많은 애를 먹기도 하였다. 어린 아이들이 있는데 주일 낮에 교회나 간다고 이해를 못하는 남편은 나를 너무 미워했다. 몇 번 말다툼도 했다. 그런 때일수록 마음으로 더욱 하느님을 그리워하며 기도에 매달려 위로를 얻곤 했다.

어떤 때는 나의 마음이 흔들려 교회를 안나가야할까 여러번 냉담할 때도 있었다. 그런 때일수록 마음 속으로 하느님 저를 버리지 말아달라고 애원하며 기도를 드렸다. 나는 잘못이 없는데 아이들과 남편 부모 형제 이웃 건강하고 행복하게 살게 해주십사하는 기도를 드리려고 주일미사를 보러 나가는데 나를 이해해주지 못하는 남편이 원망스럽기만 하였다.

아이들은 아프지 않고 잘 커주었고 나의 손이 덜가도 될만큼 자라니 나만의 시간과 여유가 생겨가기 시작했다. 주일날 미사만 보아서는 신앙인으로서 부족함을 느껴 이십대 부지런히 레지오 활동했던 일을 또 시작했다. 레지오 활동이란 카톨릭 신자로서의 봉사활동이다. 남녀노소 전교활동도 하고 어렵고 소외된 이웃을 만나고, 병든 환자를 찾아가 기도와 나눔을 갖고 더불어 살아가는 봉사활동이다.

요즘 지난 날을 돌아보면 신앙 생활이 없었더라면 두어머님 모시고 노환이 들어 치매할 적에 특히 친정어머님은 10여년 나에게 많은 고통을 주었다. 그럴수록 나는 신앙의 대상인 하느님께 빽이 있는 것 같이 나의 마음을 잘 다스려달라고 기도하며 두 어머님을 더욱더 잘 모셔야지 내가 아니면 누가 하랴 하며 한번도 피곤하다고 원망이나 짜증을 내본 적이 없다.

그 와중에 특히 소외받는 이들을 많이 돌보아 드리려고 시간을 내어 찾아 다녔다. 친정아버님과 어머님 뵙듯이 어려운 이웃 소외된 할머니 할아버지들을 나의 부모로 바꾸어 생각하고 먼훗날, 나의 자화상으로 바꾸어 보면 궂은 일이 아니라 잘해드려야 나의 마음이 더 흐뭇함을 느꼈다. 말이 없는 남편은 내가 너무 좋아하는 봉사일이니 가만히 지켜봐주니 더욱 고마웠다. 생활비를 쪼개며 그 분들에게 밑반찬, 과일 등을 가끔 사다 드렸다. 나의 부모만 잘해드리는 것이 죄스러워 그리해드렸다. 몇 년 전 몇 분 할머님과 할아버지 다 돌아가셨다. 지금 살아있으면 95세는 더 넘었을 연세다. 말년에 요양원에 모셔다 살게해 편안히 사시다가 가셨다. 좋은 성품들이어서 하느님 나라에서 편안히 계시리라 믿는다.

이제 나이가 늙어서인지 주 1회 레지오회의가 화요일 저녁 있는 날인데 저녁밥 먹고 멍청히 TV를 보고있으면 남편은 오늘 화요일인데 성당가는 날 아니냐고 잊고 있던 나를 깨우쳐준다. 그러면 난 아이쿠 고맙수다 허둥지둥 택시타고 성당으로 달려간다. 몇 십 년째 눈이오나 비가오나 주일미사와 화요일 저녁은 성당 나가는 날이라고 서울사는 삼남매와 큰며느리도 다 알고 있다. 특히 집안 식구 큰 병이 났을 때 나는 내가 믿는 하느님께 기도로 매달린다. 어떠한 곤경에 처했어도 나의 하느님은 다 해결해 주시고 많은 은총을 받으며 살고있다.

남편이 교회에 같이 안나가서 나의 마음은 늘 외롭지만 그래도 남편은 신앙을 감지하며 사는 것 같아 보인다. 무신론자는 아니라 생각한다. 묵묵함 속에 나의 신앙생활을 믿어주고 지켜본다. 사남매 자식부부 세례 다 받고 여섯 손자들도 세례명을 다 가졌다. 언젠가 남편도 세례명을 가질 날이 올런지, 나의 기도가 부족함인지 하느님 앞에 투정도 부리곤한다.

나는 화살기도를 많이 한다. 걸으면서, 차 속에서, 잠자다 깨어나면 열손가락을 묵주알 열알로 대치해 장소와 때를 정해놓지 않고 청소하면서까지 하느님과 많은 대화를 마음 속으로 기도한다. 하늘과 땅의 대자연을 보면서도 늘 감사함을 느끼며 오늘도 병실방문을 해 세 분 환자를 만나 기도와 위로의 대화를 하게 해 주어서 나는 한 주일을 시작할 때 금주에는 어떤 봉사 일이 이루어질지 어떤 암 환자와 좋은 대화를 나누며 희망의 웃는 얼굴로 헤어질 것인지 하느님께 의탁해 기도한다. 나의 신앙생활은 늘 아름답고 행복을 가져다준다. 아멘.

더불어 사는 행복

사랑, 사랑의 의미는 너무도 아름답다.

이 세상 모든 주부들은 아내의 역할, 어머니의 역할, 며느리의 역할을 즐거운 마음으로 가족들에게 조건 없는 봉사와 사랑을 베풀고 있다. 지난날 20대의 처녀시절, 성당 레지오 활동을 하면서부터 주위에 가난하거나 의지할 곳 없는 쓸쓸한 노인들을 많이 접해 보면서 나 역시 경제적인 여유가 없어 물질적인 도움을 그다지 준적이 없고 주로 이야기를 들어주는 말벗이 되었다. 요즘 나는 몇 분을 알고 가족같이 마음을 터놓고 이야기를 나눌 수 있는 어른들이 있어 보람을 느끼며 살고 있다.

3년 전 산천단 근처 인적이 드문 곳에 혼자 외롭게 사는 할머니

를 알게 되어 한 달에 한두 번 지금까지 방문을 계속하고 있다. 할머님을 부모님 만나러 가듯 하는 나에게 이런저런 속사정을 얘기하시는걸 보면 그동안 할머니와 나 사이에 쌓인 정이 믿음으로 바뀌었나보다.

92년 초 한국복지재단에 자원봉사활동을 신청하면서 내 집과 가까운 이웃에 또 다른 할머니 할아버지를 만나게 되었다.

30년 전 처녀시절 한동네에서 인사를 나누며 지내던 외로운 할아버지는 세월이 흘러 또 다시 이웃에서 만나게 되어 특별한 인연이라도 되는 듯 그 기쁨을 감출수가 없었다. 이북이 고향인 할아버지는 그동안 양로원을 비롯하여 이 동네 저 동네 떠돌며 살다가 지금의 집주인을 만나 과수원을 지켜주면서 집 걱정 없이 살고 계셨다. 동사무소에서 지급되는 쌀과 생계비로 생활을 해 나가지만 건강한 모습을 잃지 않고 있는 할아버지가 안심되었다. 네 살 때 생이별한 나는 아버지께 드리지 못한 사랑을 내 아버지 보듯 할아버지께 드려보고자 밑반찬을 만들어 갖다드리면 할아버지는 나에게 친정나들이 온 딸에게 하듯 손수 심고 재배한 배추, 무 등을 뽑아 손에 쥐어 주곤 한다. 서로가 나눌 수 있는 작은 정이 참으로 아름다움을 마음가득 느끼곤 했다.

육십 대 이후의 사람들은 보릿고개에 밀채밥을 먹고 바다에서 해초를 뜯어다 밥을 지어 먹었던 경험들이 있을 것이다. 하루하루

끼니 걱정을 하면서 살아야했던 그 시절에도 거주할 거처는 따뜻한 온돌방이었는데 대학까지 나온 멋쟁이 숙녀였던 김00 할머니는 척추가 상해서 꼬부랑허리가 되어 남의 품삯일도 못하고 소나무밭 검은 천막집에서 살고 계신다. 자원봉사자의 사명감이랄까 할머니에 대한 안타까움으로 복지관에 연락을 하여 후원금과 청장년 봉사자들의 도움을 받을 수 있도록 하였다. 93년에 결성된 청장년 봉사팀 50여명은 무의탁노인들과 결연을 맺어 봉사활동을 하는 팀이다. 검은 망 천막집에 살고 있는 김00할머니의 집이 비오는 날이면 방 속에도 물바다가 되는 것을 알고 지붕수리는 물론 닫히지 않는 문짝수리며 하수구연결, 물도랑 파는 일까지 힘을 모아 주거환경개선을 해드렸다.

나는 부엌청소를 하다가 할머니께서 젓갈 넣어놓은 작은 단지를 열어 보니 벌레가 있었다. "아이고, 이런……." 놀랐다. 할머님은 눈이 침침해서 벌레 있는 것을 모르고 드시지나 않았는지 걱정스러워 다 쓰레기에 버려 깨끗이 치워 정리해 놓고 보니 마음이 시원함을 느꼈다. 혈연으로 맺어진 부모와 자식은 아니지만 독거노인들과 정을 나누고 더불어 살아가는 아름답고 행복한 미소들을 보며 자원봉사자로서 사명감과 큰 보람을 느낀다.

1994년 봉사일기

아들과 함께

남편과 아이들이 직장과 학교로 나간 뒤 집에 있는 식구는 97세라도 80대같이 곱게 늙으시는 시어머님과 어제 군에서 첫 휴가 나온 큰아들 뿐.

조용한 이 시각 설거지와 청소를 하다 시계를 보니 10시를 가리키고 있다. 오늘은 산천단에 사는 할머님 뵈러가는 날이다.

잠을 자고 있는 아들을 깨웠다. 결연한 할머님 보러 가는데 같이 가자고 했다. 얼른 "예~" 하면서 이부자리에서 벌떡 일어나 외출 준비를 한다.

우리 집에서 3km 떨어진 외롭고 조용한 할머니 집.

시내버스를 타고 몇 정거장 한라산을 바라보면서 가노라니 어느

새 제대입구 정류소에 다 왔다.

아들의 군복 입은 늠름한 모습을 바라보며 나란히 걷고 있는 나의 마음은 행복했다.

4년 전 할머니를 처음 알게 되어 지금까지 먼 데 사시는 친정 부모님 만나 뵙듯 한 달에 두세 번 찾아뵌다고 그동안 지내온 사연을 아들에게 말해주었다.

오솔길을 따라 들판에 핀 억새꽃은 바람에 물결마냥 흔들리고 길 양쪽 소나무의 진한 향기를 맡다보면 어느새 할머니 집에 다 와 간다.

파란 풀밭에는 염소와 양들이 풀을 먹다가 우리 모자를 반기듯 모두 쳐다보고 몇 마리의 닭들은 쪼르르 따라온다. 오늘은 아들하고 같이 왔는데 할머님이 혹시 집에 안계시면 어쩌나 하는 궁금함을 느끼며 첫째 정낭을 열고 밭 하나를 지나서 할머니집 작은 정낭을 열고 들어섰다.

여느 때와 다름없이 할머님은 마당에서 나뭇잎을 쓸고 계셨다.

큰소리로 "할머니 저 왔습니다." 외치며 손을 잡고 웃는 얼굴로 인사를 나누었다.

아들도 허리를 굽혀 절을 하고 방으로 들어가 앉았다.

할머님은 먹을 것을 대접하고 싶은데 이 산골에 가게가 없어서

어떡하지 걱정하였다.

"제가 이렇게 할머님 드리려고 가지고 왔습니다." 하며 밑반찬과 바나나를 꺼내보였다.

셋이서 바나나를 먹으며 할머님의 말씀을 들었다.

할머님은 동사무소에서 영세민보호를 받아 사는 데 별 어려움은 없는 편이나 식구가 없어 늘 혼자 쓸쓸하다고 한다.

방세가 적은 방을 구하다보니 인적이 없는 밭모퉁이에 허름한 집 한 칸을 세를 내어 살고 있다.

83세 고령이지만 늘 건강하고 젊은 사람 못지않게 깨끗하게 집안과 몸 관리를 하기 때문에 나는 육체적으로 힘들게 도와드린 일은 없다. 다만 옆에 인가가 없어 낮이고 밤이고 늘 혼자인게 안쓰러웠다.

내가 할 수 있는 일은 외로움을 달래드리는 말벗이 되어주고, 혹시 편찮으시지는 않은지 궁금한 마음으로 밑반찬을 들고 찾아가 살펴드리는 일이다.

어떤 때는 바빠서 며칠 늦어서 가면 할머니는 나를 기다리다 "이제 안 찾아오려나?"하며 실망하고 계실 때도 있었다. 2월 초순 추운겨울, 눈이 하염없이 내리는데 할머님 얼굴이 떠올라 눈송이를 밟으며 찾아 갔었다.

"할머니, 할머니" 두세 번 부르니 방안에서 잠근 문을 열면서 눈

시울을 적시며 반가워하였다. 날 잊어버리지 말라는 말씀에 "어떻게 할머님과 인연을 맺었는데, 할머님이 저세상 가실 때까지 찾아올 것입니다"하며 아무걱정 말고 늘 편안한 마음을 갖게 말벗을 해드렸다.

늦어도 열흘에 한번은 할머님과 만나고 있는데 매일이라도 보고 싶은 마음인 것 같다. 며칠 전 왔을 때도 온돌바닥이 금이 가 연기가 방안에 찬다는 얘기를 듣고 청년자원봉사자들에게 부탁했더니 즉시 와서 방바닥을 따뜻하게 고쳐 놓았다. 할머님의 말씀이 "그 젊은이들 너무 고맙다"며 몇 번씩 되풀이 말을 하였다.

사람 만나기를 얼마나 그리워했으면 우리 모자를 놓아주지 않고 피곤한 기색 없이 말씀을 계속하였다.

한참 할머니의 이야기를 들은 후 아들이 "할머님은 주위에 인가가 없어 매우 쓸쓸하시겠습니다."하고 위로의 말을 했더니 "혼자가 아니야. 나를 지켜주는 하느님과 늘 기도하고 대화하며 살아가니 덜 외롭지"하며 웃으셨다. 얼마동안 이야기를 나눈 후 카톨릭신자인 할머님과 나는 통하는데 가 있어 아들과 셋이서 손을 합장하고 기도를 하였다. 할머님의 건강과 바쁜 중에도 자주 찾아뵙는 시간을 만들어 주십사하는 기도를 절대자에게 호소하며…….

돌아오면서 아들에게 말했다.

"나 이 어머니는 너희 양쪽할머니를 하늘같이 존경하며, 작은 사

랑이지만 나누어서 의지할 때 없는 할머니 할아버지들을 잘 돌보아 드리는 일도 내 가족에게 베푸는 효 이상으로 생각하고 보람을 느끼며 살아간다."고 말했더니 어머님의 이웃사랑은 산교육이 된다고 열심히 살아가는 모습이 행복해 보인다고 웃으며 말했다.

할머님과 헤어지는 인사를 나누고 걷다 뒤를 돌아보니 우리가 안보일 때까지 잘 가라는 손을 흔들고 서 있는 모습이 마음 한구석에서 늘 지워지지 않는다.

1995년 3월 2일 방문일기

어느 장애자의 환한 웃음

한국복지재단에 자원봉사자로 입단해 활동해온지 3년째.

이제 봉사하는데 조금은 익숙해지는 것 같다. 오늘은 오도롱 시내 변두리 시골마을 김병자 장애어머님을 찾아가 봉사활동을 하는 날이다. 복지관에서 봉사자 3명과 같이 만나 1시에 출발해 어머님댁에 도착했다. 빙그레 웃으며 우리를 맞아주었다. 만나고 보니 1개월 전 어머님과 약속이 생각났다. 머리가 많이 길어 덥수룩해 덥게 보였다. 다음 봉사오는 날에는 머리를 이쁘게 잘라드리겠다고 약속했는데 깜박 잊고 미용봉사자를 동행 못했다. 투박한 머리에 이 여름 자주 머리를 감지 못해 시큼한 땀 냄새. "어머님 죄송합니다. 5분내로 미용봉사자 오면 머리 자르고 목욕 시작할게요." 양해를

구하고 미장원에 전화를 걸었다. 미용봉사자는 잠깐 영업을 중지하고 금새 달려와 시원하게 커트를 했다. 손발이 마비된 몸이라 겨우 앉아서만 살아가는 중증 장애자. 청소 한 번 제대로 못하고 당신 손으로 머리 한 번 감지를 못해 어찌할 도리가 없이 봉사자의 손이 필요했다. 처음 복지사 소개로 오도롱마을 김병자 어머님이 불구란 딱한 사정을 듣고 3월 달부터 목욕시켜드리고 대청소 빨래를 1개월에 한번씩 해드리기로 했다. 보름 간격으로 불교봉사회에서 해주지만 보름 동안 내의도 못갈아 입는 처지고보니 문을 여는 순간 시큼한 냄새가 코에 풍긴다. 우리는 2인 1조가 되어 대청소하고 이불 말리고 목욕시켜드리는 동안 빨래까지 마치고 다 끝내고 나면 두 시간 이상걸린다. 그러면 장애자 어르신 집이 말끔히 정리되곤 한다. 끝으로 손톱 발톱 깎고 귀방망이로 귀를 후벼드리고 머리를 이쁘게 빗겨드리면 이 고마운 뜻을 어떻게 표현해야좋을지 밝게 웃는 어머님의 환한 얼굴.

다음에 또 올 날짜를 약속하며 돌아오는 우리 다섯 명의 봉사자는 하나같이 발걸음이 가볍고 하늘을 날을 것 같다.

1995년 8월 12일 봉사일기 중에서

기다리는 마음들

외진 곳에서 혼자 살아가는 안나 할머님은 칠십도 안됐지만 구십 구세인 우리 어머님보다 더 늙게 보이는 꼬부랑 할머니시다. “안나 할머님!”하고 부르며 인연이 닿은 지 칠 년째, 나는 할머님 집에 자주 가는 봉사자인데 집이라고는 소나무 밑에 까만 천막집과 개집이 어우러져 고양이들까지 함께 구별 없이 살아가는 곳이다.

산고양이들이 할머님 방안에서 살다 새끼를 낳아 길러주기도 하는데, 그 동물들은 할머님의 유일한 벗들이라고 하며 배고픔을 같이 나누며 걱정하시곤 했다.

할머님은 골다공증이 심해 다리가 후들후들 떨리고 머리가 너무 어지러워 당신 한 몸도 가누지 못하는 처지인데도 개나 고양이

들과 한 식구처럼 지내는 고운마음의 소유자다.

할머님께서 아프거나 외로울 때 성당 레지오 단원들과 한국복지재단 재가복지담당 직원들이 가끔 찾아와 말벗이 되어 주곤 했고, 나 역시 매주 월요일이면 한국복지재단에서 만든 밑반찬을 가지고 가 며칠 사이 아픔이 더하지나 않았는지 애로사항을 의논하며 말벗을 주로 해드리곤 했다.

지난 봄에는 할머니께서 척추에 이상이 와서 한 발짝의 움직임도 너무 힘이 들어 한국복지재단 직원들의 도움으로 2개월쯤 병원에 입원했다가 지금은 퇴원하여 집에서 약을 복용하는 데 밥해 먹는 데도 너무 힘이 들 정도로 몸이 말이 아니었다.

할머님께서 병원에 입원하였을 때의 일이다.

첫날 간병차 병원에 갔는데 나도 모르게 몹시도 아파하고 있던 할머니 옆 침대 환자의 손을 꼭 잡았다. 그 여인을 보는 순간 며칠, 아니 금방이라도 숨이 멈춰버릴 것 같은 절박한 예감이 머리에 스쳐 지나갔고 뼈대만이 앙상히 드러난 몸체에 움푹 들어간 까만 눈동자에서 흐르는 한줄기 눈물을 보이며 나를 쳐다보고 있는 모습이 가슴을 찡하게 하였다.

얼마동안 기도를 하고 그 여인의 얼굴을 보니 아주 천천히 고맙다는 답례의 말을 눈짓으로 표현하는 것이었다. 다른 환자들이

그녀는 청각장애인이라 글로 적어 의사전달을 해야 한다고 가르쳐 주었다. 나는 나의 이름과 나이, 그리고 한국복지재단 소속 주부봉사자라고 소개말을 적어 보이니 그 여인 역시 자기소개를 또박또박해 주었다.

어릴 때 부모님이 돌아가고 어린 동생 삼남매를 거들다 보니 병원에 다닐 경제적 여유가 없어 신장병, 결핵, 위장병등과 온몸의 관절염까지 합병증으로 십칠 세부터 병마에 시달려 사십 사세인 지금도 처녀 몸으로 이 지경까지 되었다는 사연이었다. 며칠째 죽 몇 수저도 못 먹어 기운이 없는데도 나와 글로 적어서 대화를 나누려고 해 두 손을 꼭 잡아 주었다.

옆 침대 안나 할머님만큼이나 불쌍한 이웃이 또 있었다는 것이 나를 놀라게 했다. 대소변도 가릴 힘이 없어 사경을 헤매는 그 여인의 입술이 바싹 마른 것 같아 물을 몇 숟가락 먹여주고 내가 도움을 줄 수 있는 것이 무엇일까 궁리 끝에 다음날 포도즙을 짜서 주어보니 국물조차 위장에서 안 받아 먹지 못하던 사람이 빨대로 쪽쪽 맛있게 먹는 것이었다. 그것을 볼 때 얼마나 기쁘고 감사한지 나의 마음이 흐뭇해졌다.

이제 그 여인과의 만남을 가진지 몇 개월, 일주일에 2회 정도 포도즙을 짜서 병원에 들고 가면 맛있게 먹는 그 여인의 환한 미소를

보며 말벗이 되어주고 돌아오는 내 마음은 천사를 만난 기분으로 발걸음이 가벼웠다.

요즘에는 생기가 돌아 자신이 직접 화장실 출입을 하고 있으나 지금도 밥 한 수저도 제대로 못 먹는 상태이면서도 삶에 희망을 가지고 나를 기다린다는 그 여인.

퇴원해 혼자 외롭게 지내시는 안나 할머님을 뵈러가는 오늘도 기쁜 마음으로 발걸음을 재촉해 걸어간다. 받는 기쁨보다 주는 사랑이 이렇게 행복하다는 것을 나의 작은 나눔을 통해 누군가에게 말해 주고 싶다. 끝으로 어려운 이웃을 위해 봉사시간을 배려해주고 이해해주는 남편과 가족들에게도 고마움을 전하고 싶다.

1997년 10월 10일 봉사일기

고모라 부르는 아이들

1993년 한국 어린이 복지재단을 찾아가 자원봉사자로 등록해 봉사를 시작한지 올해로 십육 년 째, 내 나이 오십대에 봉사를 시작해서 육십오 세가 되었다.

요즘에는 정부에서 어려운 이웃에게 복지정책을 잘해주어서 끼니를 굶는 가정은 눈에 보이지 않지만 십여 년 전 내가 봉사 시작 당시는 생각해보면 의지할 곳 없는 외로운 노인들, 고통 받는 환자, 빈곤에서 헤어나지 못하는 결손가정이 많았다.

아버지는 막노동하는 어느 가난한 가정을 알게 됐고, 젊은 애기 엄마의 말은 아들 셋인데 큰애가 초등학교를 몇 개월 다녔어도

한글을 읽을 수 없어 반 아이들과 같이 적응을 못해 어찌 하면 좋겠냐고 눈물을 흘렸다. 8세, 6세, 4세 남자아이들 셋이었다.

엄마도 아빠도 문맹이란 말을 듣고 봉사활동으로 매일 그 집에 찾아가 두 시간씩 가르친 결과 두 달 만에 책을 줄줄 읽게 되었다.

그사이 정이 들어 아이들은 고모라 부르며 꽤 먼 동네인데도 일요일에 한두 번은 꼭 우리 집에 찾아와 몇 시간씩 시끄럽게 뛰놀면서 온 집안을 난장판으로 만들었다.

외출 갔다 돌아와 보면 책을 보는 남편 옆에 앉아 종알거리는 아이들의 모습을 보면서 내 남편도 참 마음이 좋은 어른이구나, 존경했다.

그 후, 두 동생도 초등학교 가기 전 집으로 오라해서 글쓰기 공부와 한글을 깨우치고 지금은 고3, 고1, 중1이 되어 매년 스승의 날이면 꽃을 사들고 와서 고모 스승이니깐 인사 왔다고 폭소를 주고 간다. 고모라 부르는 아이들을 볼 때 나는 너무 행복하다.

2008년

우울증은 여인의 마음을 닫으려 했다

연옥이를 만난 것은 20년 전이다. 그간 정이 들어선지 언니 동생 하며 지낸다. 연옥이는 10년 전에도 우울증을 앓았다. 그녀의 시어머님이 살아 계실 때는 찾아뵙고 이야기 벗도 되어드리고 교회 소식지도 전해드리느라 열흘에 한번 씩은 꼭 찾아 갔는데, 한동안 바쁘다는 핑계로 뜸했다. 7월 초여름, 그녀의 집을 방문해 보았다. "연옥아 있니?" 현관문을 열고 들어가 보니 90세 연로하신 친정어머님이 마루에 혼자 누어 울고 계셨다. "할머니 왜 울고 계세요?" 할머니는 딸이 많이 아팠다며 힘없이 일어나 앉으셨다. 방에 있던 연옥이가 소리를 들었는지 뒤늦게 밖으로 나왔다. "언니, 미안해서 전화를 못 했어 늘 신세만 지는 것 같아서 언니가 걱정할까봐 전화를

들었다 놓은 적이 몇 번이지 몰라."

하루하루를 어떻게 살았을까 연옥이는 안개 낀 장막 속에 갇혀 있는 사람 같았다. 온 몸엔 힘이 하나도 없어 손가락 하나 까딱 못 하겠다는 하소연을 들었다. 몰골은 말이 아니었다. 두 번째 우울증이 그녀를 또 괴롭히고 있었다. 동태국 먹고 싶다는 어머니 말에 생선가게가 지척인데도 갈 힘이 없다고 어떻게 하면 죽을 수 있을까 하루 종일 자살 충동만 느낀다고 했다. 하느님…… 이 여인에게 어떤 위로의 말 희망의 말을 해야 합니까, 나는 마음속으로 기도했다. 그렇게 그녀의 이야기를 한동안 듣고만 있었다.

"연옥아 지금 너에게 무슨 위로의 말이 필요하겠니. 긍정적으로 생각하자. 마음먹기 나름이잖아. 그건 얇은 종잇장 한 장 차이잖아 원인이 있을 거야. 찬찬히 생각해 보자." 연옥의 얼굴을 가만히 쳐다봤다. 어떤 걸림돌 때문에 지쳐 있는 걸까, 왜 헤어나지 못하는 걸까, 연옥이는 한참 후에야 입을 열었다. "예, 원인이 있어요. 이성문제 경제문제 앞으로 어떻게 살아가야 될지 근심걱정 혼란 속에서 병이 온 것 같아요." 마치 안개 낀 어두운 곳에서 헤어나지 못하는 사람처럼 몸은 몸대로 마음은 마음대로 허해지고 소진돼 있었다.

"연옥이보다 못한 어려운 이웃들이 얼마나 많은지 밑을 보고 살아가자. 지금 연옥이는 단독 집도 있어서 집 걱정은 없이 살고 든든히 지켜주시는 친정어머님도 계시고 예쁜 딸도 있고 형제자매도 있고 행복한 사람이잖아. 긍정적인 마음으로 기쁘고 행복한 마음으로 살아가려고 노력하자." 연옥이는 어두운 지하 갱도 안에 갇혀있는 느낌이라고 했다. 머리로는 알지만 몸이 움직이지 않는다고 쓸쓸하게 고백했다. 하루하루를 어떻게 살아가야하나 가슴은 조여들고 어떻게 죽음을 시도해야 할지 그 생각 밖에 안 든다고 더 살아갈 희망이 없다고 했다. 나는 연옥이가 안쓰러웠다. 나는 연옥이와 병원에 다니기로 하고 그녀의 친정어머니와 셋이 앉아 눈물의 기도를 드렸다. 애원이었다. 삶의 희망을 갖게 해달라고 다시 회복시켜달라고 집으로 돌아오는 발걸음이 무거웠다. 문득문득 그녀를 위한 기도가 내 입에서 터져 나왔다. 안쓰러움이 염려가 되기도 하고 염려가 불안이 되기도 했다. 연옥이는 지금쯤 뭘 하고 있을까. 끼니는 잘 챙겨먹을까, 생각할수록 가슴 한쪽이 아려왔다. 오늘도 연옥이를 생각하며 혼자만의 응원을 보낸다.

연옥아! 90세 친정어머님과 예쁜 딸을 봐서라도 힘을 내. 연옥이는 행복한 사람이야. 밝은 마음 갖고 이겨내자. 내가 힘이 되어줄게. 나의 독백이 연옥에게 긍정의 에너지로 전달되길. 다시 한 번 조용히 무릎을 꿇고 두 손을 모은다.

나의 가족으로 보면

모든 인연들은 나의 가족으로 바꾸어 생각해보면 따뜻한 사랑으로 부모 형제가 되어간다. 특히 아무도 없어 고통에 시달리는 독거노인 환자, 결손가정 아이들, 집에 혼자 있는 노인들은 말벗이 되어드리고 몸 건강은 어떠한지 병원에 다녀야 할 형편은 아닌지 병원 약을 타러 갈 날이 되고 있는지 나는 수첩에 메모한 것을 자주 표시한다.

떨어진 산천단 밭 모퉁이 오두막집 85세 황 누덕 할머님 혼자 외롭게 살고 있다. 8년 전 한국복지재단 복지사의 소개를 받고 결연을 맺었다. 그 동안 할머니와 말벗을 해드리려고 만나다 보니 치매가 오기 시작했다. 성당 신부님께 부탁드려 이시돌 요양시설에 입소

한 지 벌써 3년이 다 되었다. 교통이 불편하여 자주 찾아뵙지는 못하고, 몇 번밖에 못 다녀왔다.

김드리 65세 할머니 허름한 까만 천막집에서 외롭게 병마와 싸우며 하루하루를 힘겹게 오늘도 싸우며 지내고 있다. 거동이 잘 안 돼 거의 방에서 기다시피 겨우 먹는 음식을 해결하고 있다. 일주일에 3회 방문하고 있다. 혹시 쓰러져 있지나 않은가 늘 생각하고 신경을 쓰고 있다. 병원에 입원했다 퇴원해서 약을 사다가 복용중이다. 위장병, 심장병, 골다공증, 빈혈, 기관지, 혈압 등 여러 가지 합병증이다. 걸음이 흔들흔들 몇 발자국을 걸어 나가기가 힘이 든다. 요양시설에 가면 어떻습니까?하고 말씀을 드리면 이런 중증 환자신세로 나이 많은 노인들에게 폐가 된다 하시며 혼자 있기를 원한다. 먼 훗날 이분들이 나라면 외롭고 쓸쓸하고 아파하고 말 한마디 행동하나 위안이 된다면 내 가족 대하듯 잘 해드려야지 뿌듯한 보람을 느끼며 수시로 찾아가곤 한다.

그 외 병원 신장 투석실에서 일주일에 3회 투석을 받고 있는 현일순 45세 여인. 청각장애로 어린 때 부모 다 돌아가고 17세 때 병을 얻어 류마티스 관절염으로 손마디가 오그라져 있고, 위장병과 폐질환 등 여러 가지 합병증으로 뼈대만 앙상히 드러난 불쌍한 환자다. 월요일이면 꼭 찾아가 기도를 해주고 말벗이 되어주고 싶어 만난 지 일 년이 넘고 있다. 투석실, 두 명의 환자와도 대화를 나눈다.

나는 오늘 새로운 환자 한 분과 또 인연이 닿아 많은 대화를 나누었다.

8년 째 투석 받고 있는 42세 희선 환자, 옆 환자와 대화를 나누고 있는데 나를 보고 있어 마주친 눈을 보니 손을 꼭 잡아주고 싶어 가까이 옆에 가 미소를 지으며 인사를 했다. 용기를 내어 말을 시작했다. 건강한 사람이나, 환자들이나 자신들이 마음먹기에 달렸다고 시작했다. 밝은 마음과 희망을 갖고 요즘에는 좋은 약이 잘 나와 치료만 잘 받으며 살아가면 점차 나아질 거라고 30분 쯤 대화를 나누고 웃으며 일주일 후 또 만나자는 약속을 하고 병원 문을 나섰다. 나는 감사하는 마음으로 하느님에게 기도를 했다. 오늘도 힘들어하는 환자들과 희망의 마음을 갖게 시간을 만들어 주어서 "고맙습니다"라고 걸으면서 기도를 했다. 집에 돌아와 보니 시어머님은 현관 밖 의자에 앉아 감나무 가지에 지저귀는 새 소리를 듣고 계셨다.

오늘따라 100세이신 어머님이 늘 건강하신 모습으로 살고 있어서 진심으로 고마웠다.

1998년 4월 20일 봉사일지

할머니는 외로워

이 시간 햇살도 아스팔트 위 열기를 뜨겁게 달구고 있다. 오늘은 산천단 황 할머님 만나려 가는 날이다. 전화신청 수속 해 드리기로 지난 번 만났을 때 약속 했었다. 언제나 해맑은 웃는 얼굴로 반기던 할머님이신데 오늘은 할머님 손이 차갑고 어두운 얼굴로 우울해 있었다.

할머님 몸이 많이 아프십니까? 저가 먼저 웃는 낯으로 할머니 손을 잡고 방으로 들어가 앉았다. 이렇게 먼 데 찾아와서 고마워 이제 나는 할아버지 곁에 갈 날이 가까워 가는 것 같아, 하시며 몸과 마음이 많이 아프다는 표현을 하였다. 지난 번 만나 뵐 때는 건강하였는데 그 사이 마음이 허해 있었다. 나는 말했다. "가끔 찾아

오는 저희들도 있고 피붙이 딸 혜숙이가 있으니 힘을 내어 살아갔으면 좋겠습니다. 특히 할머님이 믿으시는 하느님과 많은 대화를 하시며 남은 인생을 건강하게 살아야 합니다." 위급한 대화를 많이 나누었다.

할머니와 인연은 3년 전 알게 되어 한 달에 한 번 쯤 찾아가 외로움을 벗해 드리려고 만나기 시작 그러던 중 한국복지재단 자원봉사를 지망하면서 할머니를 친할머니처럼 좀 더 자주 만나야 되겠다고 다짐했다. 할머님이 살아가는데 영세민 보호를 받고 있어 먹는 끼니 걱정은 없었다. 한 달에 한 번 만나던 횟수가 보름에 한 번 그러다 10일에 한 번으로 좁혀졌다. 이웃과는 동떨어진 산비탈 옆 조그마한 밭 모퉁이에 초라한 집에서 외롭게 살고 있고 옆방에는 할머님보다 더 가난하고 불쌍한 43세 중년 남자. 그 남자는 병 때문에 신음하는 환자다.

햇빛이 환한 날이면 창문 밖 마당에 나와서 다 떨어져가는 나무 평상에 나와 앉아있다. 처음 보아도 눈이 크고 창백한 얼굴이라 중환자 같은 느낌이다. 안 됐다 하면서도 남자인지라 방관만하고 다녔다.

추운 겨울이 지나가고 햇빛이 내려쬐는 어느 날 3월 초 할머님

과 나는 방에 다정히 앉아 대화 중에 옆 방 남자는 환자 같은데 애들이랑 어떻게 살아갑니까? 물어보았다. 할머니는 눈시울이 촉촉이 적시면서 그는 폐결핵 환자로서 죽지를 못하니 그저 그 날 그 날 살아가는 게 막막하다고 하시며 병자 아버지가 있으니 어린 남매가 더 불쌍하다고 하였다. 기력이 없어 일도 못 나간다고 돌아오면서 복지관에 들려 자초지종 중환자 얘기를 복지관 직원에게 하여 도움을 청했다.

다음 날 복지관 직원과 나는 그 남자를 만나 얘기를 들었다. 살아가기가 너무 힘이 드니 동사무소에 잘 말해서 매월 나오는 생활보호 대상자 보호를 받게 해 달라는 부탁이었다. 복지관 직원은 수일 내로 잘 될 것입니다. 약속하고 돌아왔다. 며칠 뒤 미용 봉사자와 같이 덥수룩한 머리를 깎아 드리려고 찾아 갔더니 3일 전 옆 방 남자가 죽었다고 할머니는 떨리는 목소리로 우리 손을 잡으며 말씀하였다. 할머님 몸과 마음이 허하고 지쳐있었다. 육지 친척 세 분이 와서 화장시켜 재는 시냇가에 뿌리고 애들은 데리고 갔어. 병든 사람이라도 늘 옆방에는 사람이 있어 나는 외롭지는 않았는데 이제 마음이 너무 허전하다고 학교 갔다 오는 남매의 인사 말소리도 들리고 사람 사는 것 같았는데 어떻게 밥이나 잘 먹고 있는지 부모 못 만나서 불쌍한 아이들이야, 하시며 할머니는 기혈이 없어 보였다.

밤중에 바람 불고 보슬비 오는데 마지막 할머니 부르는 소리에 마당에 나와 보니 세상을 떠났다고 할머니는 83세라도 건강하셨는데 그 분이 돌아가시고 난 후부터는 혼자라는 외로움이 더해 후유증인가 시름시름 자꾸만 힘이 없어져 간다고 하였다. 저가 할 수 있는 이야기는 할머님 용기를 내면 좋겠습니다. 피붙이 딸 혜숙이도 가끔은 찾아오고 있고 봉사자들도 있고 저도 늘 걱정하고 있답니다. 할머님은 딸 하나 있어도 어디에서 불행한 삶을 살고 있다고 그래도 자랑을 했다. 할머님과 많은 대화를 나누고 수일 내로 또 찾아오겠습니다. 약속 하며 일어섰다. 걷다가 뒤를 돌아보니 언제나 똑같이 멀리서 고사리 같은 손을 흔들고 계셨다.

1994년 6월 28일 봉사방문일지

황할머님의 주거

인적이 없는 밭모퉁이 허름한 집 한칸 오늘도 할머님은 무슨 소일거리로 하루를 지내고 있는지 궁금한 마음으로 찾아간다. 아프지는 않았는지 혹시나 하는 생각으로 밑반찬 드릴 것을 챙겨 방문하게 된지도 몇 년이 되었다. 늦어도 열흘에 한 번은 찾아 뵙는데도 할머님은 매일이라도 보고싶은 심정인 것 같아 헤어질 때는 수일내로 또 오겠습니다 약속을 드린다.

7월초 며칠 비가 내려 방에 빗물이 스며들거라는 예감이 들어 찾아 갔다. 천정과 벽에서 도배지가 떨어져 있고 물방울을 양동이 그릇에 받고 있었다. 며칠 일어났던 이야기를 피로한 기색도 없이 계속 말을 하였다. 그동안 얼마나 외로웠으면 사랑하는 딸을 대하듯

할머님과 나는 모든 속마음을 털어놓아 하소연 할 수 있는 자식같은 사이가 되었다

83세 고령이지만 언제나 깨끗이 정돈된 집안과 마당 주위 풍경 할머님 이야기를 다 듣고 난 뒤 방에 빗물 내리는 것 걱정하지 말라고 안심을 드렸다. 청년 자원봉사자들이 고쳐줄 것이라고 약속드리고 헤어졌다. 그 즉시 복지재단에 돌아와 청년 봉사자들을 만나 자초지종 부탁했다. 며칠 뒤 할머니를 방문했다. 빗물 떨어지던 방은 봉사자들이 고쳐놓았다. 할머님은 청년들 공을 어떻게 갚아야 할텐데…… 몇 번이고 고마운 말을 전해 달라고 당부했다.

햇빛이 따가운 8월초 따르릉 전화벨소리 수화기를 귀에 대니 할머님의 떨리는 목소리. 무슨 일이 있습니까? "밭임자가 집 비워 달라고 어떻하지." 네 알았습니다. 금방 할머니집 찾아가 만나겠습니다. 걱정마세요 전화로 안심시켜 드렸다. 형제, 친척, 아무도 없는 외로운 할머님 초라한 한 칸 방이지만 20년은 넘게 정들게 산 집이라고 자랑하는 할머님이었다. 버스를 타고 가면서 별궁리를 하면서 도착했다.

밭주인이 막무가내로 집을 비우라고 집을 뜯어 버리겠다고 신구간까지 세를 넣었으니 1월말까지만 살라고 각서에 도장을 찍으라고해서 찍었다, 하시며 눈물을 흘리셨다. 할머님 어떡하십니까 밭주인도

말 못할 사연이 있어서 그런 것 같으니 어떠한 방법을 알아보겠습니다. 동사무실 복지관을 찾아가 할머님의 딱한 사정을 말씀드리겠습니다. 이제 양로원에 가서 많은 할머님과 이야기도 나누고, 벗을 하고 살면 외롭지 않을 겁니다. 안심하게 말씀을 드렸다.

고집이 센 할머님은 늘 건강하고 깨끗하게 사시는 성품이라 혼자 사는 것을 원해 양로원에는 죽어도 안 가겠다 하며 외롭게 살아왔다. 할머님 성당 수녀님이 돌봐주는 이시들 양로원에 말씀드려 그곳으로 갔으면 좋겠습니다. 할머님 믿는 종교 주일 날 성당을 나가고 있어 그렇게 해준다면 집 걱정 없이 살아 가겠다고 웃으며 얼굴이 밝아졌다. 그 다음날 본당 신부님 만나 뵙고 할머님 딱한 사정을 말씀드렸다. 신부님은 즉시 이시돌 양로원 사무실에 전화부탁 수일 내로 입사하라고 약속 받았다. 하느님 감사합니다. 기도가 저절로 나왔다.

2000년 가을 방문일지

90세 할머니 교리 공부

돌이켜보니 20년 쯤 되었다. 누군가의 소개로 40세도 안 된 젊은 여자의 집과 인연을 맺었다. 걸음을 못 걸어 앉아서만 살아가는 팔십오 세 시어머님과 칠십오 세 친정 어머님을 모시고 큰방에는 일자로 가냘프게 누워있는 환자. 그 여인의 남편이다. 그녀와 대화를 나눠보니 그녀의 남편은 말기 암을 선고받고 하루하루를 버텨나가고 있었다. 시어머니는 아들이 불쌍해 아들이 일어날 수만 있다면 아들 대신 저 세상 빨리 가야한다고 넋두리 하소연을 하면서 눈물을 자주 흘렸다. 그것을 보면서 젊은 며느리가 더욱 불쌍하게 보였다.

첫 만남 후 일주일에 한 번은 꼭 들려, 며느리와 두 할머니를 만나 밝은 마음을 갖고 희망적으로 살아 갔으면 하고, 많은 위로의

대화를 나눴다. 이렇게 우연히 맺은 관계는 성당 레지오 활동 봉사 차원에서 지속성을 갖게 되었다. 몇 달 후 아들은 대세를 받고 죽음을 맞이하였다. 카톨릭 교회식으로 장례도 잘 치뤘다. 같은 여자로서 젊은 여자가 딸 하나 두 어머님을 모시고 꿋꿋하게 살아가는 모습을 보면서 동정심이 일었다. 그 여인을 존경하며 위로의 말 한 마디라도 도움이 될까 해 자주 찾았다. 그녀는 나를 언니라 부르며 고마워했다. 정신적 의지가 된다고 몇 년 후 시어머님은 90세가 될 때쯤 교회는 못 나가도 세례를 받는 길이 없느냐 자주 묻곤 했다. 세례 받는 방법이 있을 겁니다. 이야기 해 드렸다. 옛날 할머니지만 젊은 시절 한글을 배워 신문도 읽고 귀도 밝아 대화도 잘 되어 교리 공부 하면 될 것 같았다.

돌아오는 길에 성당에 들러 신부님과 수녀님께 할머님의 간절한 소망을 상담했으니 책임지고 일주일에 두 시간 씩 교리 공부시켜 드리라고 약속하고 돌아왔다. 그 뒷날 교리책 사고 할머님 집에 갖고가 교리 공부를 시작했다. 몇 쪽 읽고 질문하고, 숙제로 내일 몇 쪽까지 읽고 내게 옛 말하듯이 말해주십사 했다. 할머니는 꼭 그대로 실천하였다. 눈이 오나 비가 오나 한겨울이지만 할머님이 기뻐하는 얼굴 모습을 보면서 약속 시간 날짜를 잘 지켜 방문했다. 육개월 쯤 신약 성서를 다 읽고 주요 기도문도 다 외웠다. 약속 대로

원장 수녀님을 집으로 모셔와 면접 시험을 보게 해드렸다. 90세 할머니는 기도문도 잘 외우고 수녀님 질문에 대답도 잘 하였다. 수녀님도 놀라서 "면접 시험 합격입니다"고 말하였다. 옆에서 지켜보던 며느리, 친정어머니, 나도 하늘을 날 것 같은 기쁜 마음이 들었다.

4월 부활절 세례 받던 날 며느리 등에 업히고 성당에 모셔갔다. 할머니는 당당하게 30명 젊은 사람들과 같이 다시 태어나는 마음으로 마리아 본명으로 세례 성사를 받았다. 나는 딸과도 같은 어린 나이지만 영혼의 어머니, 즉 대모를 서드렸다. 할머님이 세례를 받음과 동시 며느리도 성당에 잘 다니고, 친정 어머님과 딸도 교리 공부를 잘 받아, 몇 달 후 세례 받고 성가정이 되었다. 가끔 방문해보면, 예전의 우울했던 집안이 밝은 웃음을 웃는 얼굴들로 환하게 살고 있는 모습이 아름답고 행복하게 보였다.

2000년 5월

이웃 할머니의 주거환경

보급자회를 마련해서 이 동네로 이사 온 지 이제 만 오년이 됩니다. 언제부터인가 나는 이웃 할머니에게 가끔 눈여겨 볼 때가 있었습니다. 저희 집 대문 앞을 낮에 내려갔다가 늦은 저녁이면 올라오시고 생존을 위해서는 어쩔 수 없는 할머니의 삶인가 봅니다. 오후가 되면 저녁 장사하려고 야채 몇 가지를 담은 보따리를 등에 지고 사람이 많이 다니는 도남 오거리 길목에 앉아 내다 팔고 오늘도 하늘에 별이 보일 때가 되어야 집으로 돌아오십니다. 어쩌다 길에서 서로 만나면 웃는 얼굴로 인사를 나누며 할머니는 식구가 없습니까? 어느 방향에 집은 있습니까? 매일 힘드십니다. 오늘은 얼마나 돈이 됐습니까? 등등을 여쭈면서 할머니와 점점 친해 졌습니다.

1993년 초 자원봉사 지원을 하면서부터 할머님이 살아가는 모습을 눈으로 직접 보고 싶어 할머니 집을 방문하고 싶다고 했는데 지금은 초대할 만한 환경이 아니라며 집 있는 곳을 굳이 말해 주지 않았습니다. 서로 대화중에 우리 아들이 성균관 대학을 다닙니다, 고 했더니 할머님도 같은 대학을 다녔다 하시며 아주 반가워했습니다. 할머님도 옛날 부모슬하에서 자랄 때는 그 누구도 부럽지 않게 고등 교육도 받았는데 아버님 사업이 부도가 나면서부터 고생의 연속이었다고 제주도에 내려와 좋은 직장도 갖고 해서 많은 돈도 모았는데 남을 믿다 보니 몽땅 사기 당하고 몇 차례 대수술로 병원에 입원을 하다 보니 지금은 몸도 마음도 너무 빨리 늙어 있습니다. 허리가 상해서 아주 꼬부랑 허리가 되어 제대로 펴서 걸을 수가 없다고 합니다. 몸이 약하다 보니 남의 품삯 일도 못 하고 이제 하루하루의 생존을 위해서 힘들게 산다고 하십니다.

그대로 지켜보아서만은 안 되겠기에 하루는 멀리서 할머니 뒤를 따라가 보았습니다. 밭 하나를 지나 소나무 밭 속 검은 비닐 천막 있는 곳으로 들어갔습니다. 지금 50대 이상은 경험했을 것입니다. 멸치 밥을 먹고 바다에서 해초를 뜯어다 좁쌀을 보일락 말락 섞어 하루하루 연명한 적이 몇 년, 그렇게 어린 시절 고생을 했어도 나는 떳떳한 초가집 온돌방에서 살았는데 그 시절 할머니는 서울에서 당당히 대학시절을 보낸 멋쟁이 숙녀였는데 어쩌다 운명의 장난이란

피하지 못 하는가 봅니다. 최고의 부와 빈곤함을 뚜렷이 체험하며 사시는 할머니의 찌든 모습은 소설 속의 한 모습과도 같았습니다. 내 마음 속에서 방관만 해선 안 되겠다. 자원 봉사자의 책임감이랄까 하루는 무조건 할머니의 천막으로 찾아 갔습니다.

소나무 사이사이 으르렁 대는 도사견이랑 세파트 짖는 소리에 몸이 움추려들게 무서웠습니다. 또 한 가지는 할머니 천막 방 앞뜰에는 누구의 묘소가 하나 있었고 보통사람은 도저히 무서워 살 수 없는 주거 환경이 있었습니다. 개들이 짖는 소리에 뛰쳐나온 할머니의 얼굴은 반가운 미소로 이렇게 누추한데 왜 찾아 왔느냐 들어오지 말라고 하였습니다. 저 이대로 돌아가지 않습니다. 하고 막무가내 방으로 들어가 앉았습니다.

정말 눈이 핑 돌 정도로 쾌쾌 묵은 고양이 오줌냄새 집 주위에 개들의 오물냄새, 고양이 집인지 할머니 집인지 분간이 안 될 정도로 너무 안 좋은 환경이었습니다. 할머님과 주고받는 대화중에도 검은 고양이가 한쪽에서 뛰쳐나오곤 했습니다. 할머님 왜 고양이들이 방안에 왔다 갑니까? 여쭈어봤더니 고양이는 나의 벗들이야 보잘 것 없는 집이라도 아침, 저녁, 찾아와 밥을 먹고 서로 손짓으로 눈으로 마음속으로 대화한다고 하였다. 할머니가 아침저녁 밥을 먹을 때는 들 고양이들이 냄새를 맡고 와서 밥달라고 보채는 소리에

혼자 먹지 못하고 나누어 먹다보니 대 식구가 되어 어떨 때는 10마리도 된다 합니다. 그래 생선 가게에서 찌꺼기 얻어다 삶아주고 이제 삶의 한 몫을 나누워 주는 것 같아서 그것들이 없으면 섭섭해서 안 된다고 하셨습니다. 우리 이웃들이 나누어 베푸는 것과 마찬가지로 보람을 느끼고 계셨습니다. 할머님 그래도 방 밖에 먹을 것을 내다 주면 냄새가 덜 날 것 같습니다 했더니 실은 방문이 잘 안 맞아서 닫지도, 열지도 못한다고 어쩔 수 없이 고양이가 집으로 들어와 같이 살게 된다는 얘기였습니다.

나는 복지회 청장년 자원봉사자 힘을 빌기로 마음먹고 집수리 해드릴 사람들을 모시고 오겠습니다. 하고 약속하였다. 돈이 없는데 인건비가 너무 비싼데…… 걱정 마세요 복지회 자원봉사자들이 보수해 줄 겁니다. 그뒤 6월 1일 청장년 팀은 승낙하고 첫날 일할 때는 여학생 1명 남자 4명 일해도 다 끝내지 못하고 일주일 후 일요일 날 와서 열 사람이 힘을 모아 지붕 수리, 맞지 않은 문짝수리, 다 떨어진 싱크대, 하수구 부착, 집 주위, 하수구 물도랑 파는 일 어느 한 곳 손 가는데가 많았습니다.

봉사자 청장년들은 여러 힘을 모아 쓰러져가는 주거 환경개선에 앞장서 해냈습니다. 그리고 반가운 소식은 7월달부터는 복지 재단에서 할머님 앞에 결연금도 다소 받게 해 드리게 됐고 복지관에

근무하는 복지사 박 선생님이 할머님이 몸이 불편한 딱한 사정을 동사무실에 건의했습니다. 95년도 예산부터는 영세민 본론도 받게 될 것이라 했습니다. 할머니는 고마운 얘기를 젊은이들에게 전해 달라고 하시며 그 청년들 하늘에서 보내준 천사들 같다고 아무도 내다 보지 않은 보잘 것 없는 나를 찾아 와서 이제 비 오는 날에도 집안에서 물도 쓸 수있고 수리를 안했으면 며칠 전 비바람이 불어서 지붕이 날아가고 방이 물바다가 되었을건데 젊은이들 너무 고맙다고 몇 번이고 말씀 했습니다.

우리나라는 선진 국가로 들어가는 시점이지만 우리 주위에 외롭고 빈곤에 허덕이는 사람들이 많습니다. 복지 차원에서 기본적인 생존은 해결 되어야 된다고 봅니다. 물질적으로 정신적으로 서로 나누어 더불어 살아가는 모습들이 행복한 삶이고 보람이 아닐까 생각합니다. 끝으로 우리 자원 봉사자 청장년 여러분들처럼 따뜻한 마음을 갖고 할머니의 즐거움과 삶의 희망을 갖게 해드린 것처럼 이러한 봉사자들이 늘어난다면 미래의 이 사회는 밝고 희망이 넘쳐 오를 것 입니다.

2005년 봉사일기 _ 김두리 안나 할머님

푸드뱅크 음식

IMF가 닥치면서 주변에는 결손가정이 많이 늘어났다. 사업하다가 어느 날 부도가 나 소리 없이 사라지는 젊은 아버지 어머님들이 있었다. 갑자기 고아가 되어 할아버지 할머니 집에 맡기게 되어 영문도 모르는 노부부는 손자들 키우느라 생활고 걱정을 해야만 되었다. 하늘이 도우셨는지 2000년 3월 초 도청에서 전화가 왔다. 학교에서 점심식사 후 남은 음식이 의외로 많이 남는다고 푸드뱅크 음식 은행을 운영하여 어려운 결손 가정, 독거노인들에게 갖다 드렸으면 하는 봉사자, 인력 협조가 들어왔다.

복지 재단 담당 복지사는 봉사자들이 많이 있어야 되는데 봉사자 어머니 어떻게 하면 좋겠습니까? 의논을 해왔다. 걱정하지 마라

좋은 일 하는 봉사인데 성당 레지오, 봉사 팀 협력을 의논하기로 했다.

초·중·고에서 점심 먹다 남은 음식을 담당 직원이 수거 해오면 우리 여성 봉사자 10명은 도시락 포장하고 남자 봉사자들은 자신의 차를 갖고 와 여섯 팀이 배달하는 것을 도와준다. 큰 찜통 국통을 들고 아라 서민 아파트 5층을 올라갔다 내려갔다.

비지땀을 흘리며 봉사한다. 어느 봉사자는 시청미화원차를 타는 분이고 어느 봉사자는 택시 기사님도 있고 성당 레지오 봉사 열다섯 팀 100명 이상 자원 봉사에 참여해 척척 해결하고 있다. 여기 있는 형제 중에 가장 보잘 것 없는 형제에게 해준 것이 곧 나에게 해 준 것이라는 예수님의 사랑의 복음 말씀을 되새기며 실천하고 있다. 무더운 여름 날씨에 이질 파동 혹시 음식에 탈은 없는지 담당 복지사와 나는 대상자의 가정을 돌아보았다. 대화를 나누다 보니 큰 보람을 느꼈다.

30여 세대 가정과 장애 재단 30명, 기타 등 150명분 도시락이 들어가는데 한 가정에 월 20만원 정도 생활비 보탬이 된다는 말을 들었고 일 년에 한 번도 못 먹어본 빵과 여러 가지 음식을 자주 먹을 수 있게 해 주어서 고맙다는 말을 듣고 코끝이 찡함을 느꼈다.

땀 흘려 수거해오는 공익 요원 두 명과 담당 복지사님, 그리고 조

건 없는 사랑을 베풀며 차량지원봉사에 참여해주는 많은 성당 레지오 봉사자님들, 모두가 더불어 사는 모습이 존경스럽고 행복하게 보인다.

2005년

김장 봉사 하는 날

11월 중순 찬바람이 불 때면 언제나 연중행사로 어려운 가정들을 위해 김장 만드는 봉사계획을 세운다. 복지관 담당직원은 나에게 어머니 올 해는 몇 포기 할 것입니다 의논을 해왔다.

봉사자는 몇 명 동원 될 것 같습니까?

점심은 어떤 메뉴가 좋습니까?

나는 오랜 세월 봉사하다보니 경륜이 좀 붙은 것 같다. 비용후원 업체 직원 약 30명, 복지재단직원 20여명, 성당 봉사자 40여명 약 100여명은 된다. 김장 양념 버무리는 날은 총동원되어 일사불란하게 움직인다.

10년 전 김장 봉사를 처음 시작할 때 생각나는 일이 있다. 계획

은 잡았는데 얼마나 날씨가 추웠는지 600포기 소금 절이는 날인데 함박눈을 맞아 가면서 복지관 현관 앞 길거리에서 절였다. 담당직원 정원철 복지사, 김희석 복지사님 그 당시는 말단직원이다. 지금은 본부장님이 되었다. 두 분은 소금 절임 통이 없어 복사 트럭차를 타 아는 집을 돌아다니며 고무 통을 몇 십 개 빌려다 배추를 절였다. 우리 집에서도 큰 통 하나를 가져갔는데 돌려주다보니 어느 집에 갔는지 알 수 없었다.

복지관 김장을 할 때는 광양성당 레지오회 몇 팀 협조를 받아 40여명 매년 봉사 노력을 해준다. 삼일 전 배추 절이고 이틀 전 양념을 만들고 삼일 째 되는 날은 양념을 버무려 결손 가정, 독거 노인, 어려운 가정, 200여 가정에 배달이 된다. 양념 버무리는 날, 100여명 봉사자 점심은 나의 책임이다. 몇 년 전부터 후원 해주는 사업체에서 여유있게 돈이 들어 왔는지 2000포기 김장을 만든 해도 있고 매년 1000포기 이상 하고 있다. 올해도 1300포기 할 예정이라고 담당 직원은 1주일 전 나를 만나자고 해 음식 준비 메뉴계획을 세웠다.

하루 전 날, 직원과 같이 마트에 가 시장 보면서 이 추운날씨에 맛있고 따뜻한 점심을 대접해야지 마음먹었다. 아침 일찍 일어나 집안 식구 아침식사를 끝내고 9시까지 복지관에 도착하여 성당 봉사

자들 오는 시각이면 고맙다고 인사말이라도 해드려야지 하고 식사 만드는데는 69세 하옥어머니가 늘 수고하면서 옆에서 도와주고 있다. 매주 수요일 시청 어울림 마당 노숙자 점심 음식 제공하는데도 공익 요원들이 한 몫을 해주고 있어 힘을 덜고 있다.

12시 되어 가니 점심은 완료되었다.

지하실 양념 묻히는데 가보니 성당 자매님들이 많이 와서 열심히 배추 양념 묻힘을 하고 있었다. 전화로 가만히 봉사 부탁했는데 추운 날씨인데도 고맙게도 다들 와서 장갑을 빨갛게 물들인 손들을 보면서 고맙습니다. 수고한다고 그중에는 70세 이상 되신 자매님들도 6명이나 있었다. 12시 30분이면 끝낼 것 같아 따뜻한 점심 꼭 잡수시고 가야합니다. 몇 번 말을 드렸다. 100여분이 한자리에 앉아 먹을 수 있게 자리를 만들었다. 따끈한 콩나물 된장국, 돼지김치찌개, 꽁치조림, 미역무침, 김, 간단하면서도 맛있게 차려 한 분 한 분 식판에 떠 드렸다.

사업체직원봉사 팀, 복지 재단 직원 모두도 한자리에 앉았고 복지관 관장님이 한마디 말씀, 오늘 봉사자 어머님 음식 맛은 최고입니다. 언제나 이 날이 기다려진다고 식당 차려도 손님이 많을 것입니다. 나의 수고를 띄워 줄려고 기분 좋은 말로 폭소를 자아냈다.

후원업체와 100여명 봉사의 땀이 어려운 이웃들에게 겨울 최고

의 밑반찬을 선사하는구나 생각하면 즐거운 보람으로 기분이 흐뭇하다. 많은 봉사자들이 내년 김장 봉사도 기다려진다고 했다.

2008년 12월

제대 병원 원목실

아라동 제대병원 개원 후 2009년도 4월 가톨릭 원목실 환자안내와 병동 방문 기도 봉사를 매주 목요일을 선택해 시작했다. 처음에는 가볍게 생각해서 지원신청을 했는데 봉사를 시작해 3개월 째 다녀보니 여간 수고와 인내가 필요한 게 아니었다.

매주 목요일 아침은 아주 바쁘다. 이른 아침 5시면 눈을 뜬다. 마당 감나무 가지에서 새들이 조잘조잘 나를 깨워준다. 벌떡 일어나 식사 준비를 하고 7시 남편 녹즙 갈아 잡수게 하고 7시 30분이면 둘이서 밥을 먹는다. 8시면 집을 나서 법원 앞 시내버스 정류소로 걸어간다. 8시 30분에 원목실 도착해 보면 담당지도 수녀님은

벌써와 문을 열고 봉사자들을 환한 웃음으로 맞이해준다.

수녀님은 오늘의 복음 말씀과 우리들이 봉사하는 동안 따뜻한 마음가짐으로 사랑을 전할 수 있는 생각과 말과 행동으로 환자를 대하라는 지도 말씀을 해주신다.

9시. 10명 봉사자는 2인 1조가 되어 자기가 맡은 장소로 가서 안내 봉사를 시작한다. 환자들이 제일 많은 바쁜시간 진료 받으러 갈 과를 못찾아 기웃거리는 모습을 보면 진료과를 찾기 쉽게 안내해드리고 화장실 방향도 못 찾은 환자들 지하에서 6층까지 넓은 공간 젊은 사람도 처음 찾는 사람은 물어물어 헤매는데 나이가 많은 분들은 안내 봉사자가 있어 덜 힘이 들어 좋아 보인다. 걸음이 불편하신 어르신 휠체어 타신 분 쌍둥이 아기를 안고 있는 분 위험한 에스컬레이터 타려 할 때는 얼른 뛰어가 안전한 엘리베이터 있는 쪽으로 모시고 가 안내해드린다. 고맙다고 환한 얼굴로 인사를 나눌 때는 작은 안내봉사지만 마음속으로 따뜻함이 느껴진다. 벽에 걸린 시계가 11시를 가리킬 때면 2인 1조는 병실 방문을 간다. 호실로 들어가 미소로 인사를 나누고 카톨릭신자 환자와 대화와 자유기도와 병자를 위한 주모경을 하고 다음 또 찾아오겠다는 약속도 잊지 않는다.

몇 개월 환자 방문을 하면서 가슴으로 운적이 많았다. 한번은

수녀님과 같이 찾아간 중환자실, 며칠 못 살 것 같은 어느 여자매님 환자는 당뇨로 시작해 합병증으로 모든 기관이 망가져 산소 호흡기를 달고 있었다. 다리도 팔도 모두 없어 눈 감고 신음하는 여인이어서 대화는 안 되고 기도만 하고 나왔다. 며칠 뒤 방문해 보니 돌아가셨다.

어느 병동을 방문해 보니 잘 아는 자매님 남편이 60세도 안 되었는데 키가 크고 건강한 몸매로 건강했을 때는 이 세상을 다 가져 호령해 보았을 성격의 소유자였으리라 짐작되건만 그 환자도 당뇨가 심해 다리 한 쪽은 없었고 하나 남은 발마저 썩어들어가 입원해 치료중이다. 당뇨병이 있으면 상처가 치료가 잘 안되어 썩어들어가고 결국 절단하고 무서운 합병증에서 헤어나기 힘든 병이란 것을 알았다. 건강은 건강할 때 자주 검진 받으며 몸 관리 할 것을. 건강하다는 자만에 빠져 술, 담배 폭식하다보니 이렇게 됐다고 부인만 고생시켜 미안해하는 모습이었다. 60중순 제대병원은 암환자들이 많은 경비를 덜기 위해 제대 암병동에 입원해 치료받는 환자들이 많아졌다.

오늘 방문 환자는 간암 환자로 복수가 많이 부어오른 환자였다. 기도를 하려는 순간, 간호사가 진료 와서 잠깐 이야기 해드리고 나왔다. 다음 방에서 만난 환자는 60대가 안된 환자인데 몸 전체가

아주 약해있었다. 간병하는 남편이 하는 말 "부인 건강 되찾는 것이 큰 소망입니다. 하느님 이 가정에 은총이 있기를 빕니다."

2009년 6월 25일 방문 일지

병원 원목실 봉사자 교육 발표 사례문

— 100명의 봉사자와 함께

안녕하십니까 저는 김기량성당 이순자 율리안나입니다.

여기 모인 형제, 자매님들도 이런 저런 봉사를 많이 해왔고 현재 원목실 봉사를 하고 있어 오늘 봉사자 교육을 받고 있습니다. 우리 모두는 하느님 앞에 은총을 많이 받고 있다고 생각이 듭니다. 왜냐하면 건강한 몸과 시간을 주었기에 봉사를 하고 있지 않습니까.

몇 년 전 광양성당 자매님 형제님 100명이 힘을 모아 10년 동안 신나게 어려운 이웃들을 위해 몇 가지 봉사를 한 적이 있습니다. 그 때를 기억해 소개해 보고자 합니다.

저는 47년 전 23세 때 중앙성당에서 외국신부님에게 세례 받고 레지오 입단을 했습니다. 얼마 없어 동문 성당이 건축되어 그 동네

사는 저는 열심히 레지오 봉사 활동하다 27세 때 관면 받고 결혼했습니다.

지금은 고인이 되신 훌륭한 원요한 신부님이 주임신부로 오셔서 철저하게 레지오 활동 봉사 지도를 받으며 봉사의 참뜻을 알게 되었습니다. 신부님은 어느날 성당 반장인 저를 같이 동행하여 가정 방문을 나섰습니다. 신부님은 남수각 내창 따라 비탈 좁은 길, 지금은 깨끗한 곳이지만 그 다시는 시궁창 냄새가 진동하는 곳이었습니다. 한참을 걷다가 멈춘 곳은 돌무더기 움막, 두 평도 안되는 곳, 저는 밖에 있으라 하시고 신부님은 큰 키에 허리를 반 숙이고 들어가 한참 후 나왔습니다.

"어떤 분이 있습니까" 저는 물어 보았습니다. 신부님은 "음…… 외로운 할아버지 한 분이 살고 있어." 그 순간 저는 신부님이 하느님, 예수님으로 보였습니다. 집으로 돌아온 나는 다짐을 하였습니다. 나의 몸이 건강한 그날까지 70, 80 세가 되어도 레지오 봉사의 끈을 놓지 않겠다고 25년간 동문 성당에서 신앙 생활을 열심히 하다가 지금의 동네 정부종합합동청사 동쪽에 집을 짓고 이사하여 23년이 되었습니다. 그때는 개발이 덜 시작되었던 때이어서 동네가 허허벌판이었습니다.

얼마 후 집근처에 한국어린이 복지재단이 건축되었습니다. 저

는 2남 2녀 대학을 모두 들어가 도시락 싸는 일도 없고 해서 좀 더 어려운 분들을 위해 봉사하겠다고 받아주시라고 복지관장과 상담을 하였습니다. 어디서 나타났느냐하며 반가워했습니다. 그렇지 않아도 첫 여성 봉사자 회원을 모집하려고 준비 중인데 저보고 회원을 모집해달라고 하여 저는 친구, 고향 선후배 등 20여명을 결성하게 되었습니다. 우리는 조를 짜 독거 노인 도시락 준비 및 배달 봉사를 하고 그 외에 결손 가정 아이들 밑반찬 배달도 하였습니다. 그러던 중 아이엠에프가 터져 어려운 분들을 더욱 많이 만나게 되었습니다. 복지관에서는 노숙자 점심을 준비해 시청 어울림 마당에서 급식 봉사를 했으면 하는 의논을 저에게 하였습니다. 급식 봉사는 인원이 많이 있어야 되는 일이라 우선 저는 성당 레지오 팀을 만나 몇몇 뜻있는 자매님들을 모아 노숙자 급식 봉사를 시작하게 되었습니다. 장소는 시청어울림마당 버스정류소 옆에 노점이었습니다.

저는 전날에 복지사와 장을 보고 다음날 아침 남편이 출근을 하면 복지관 주방으로 부리나케 뛰어 음식 준비를 하여 11시까지 자매님들과 시청 배식장소로 갑니다. 그곳에서 100여명이 넘는 노숙자들에게 정성껏 준비한 음식을 제공하였습니다. 급식이 모두 끝나 뒷설거지를 하면 1시에 끝나 헤어지곤 했습니다. 또 추운겨울마다 김장 봉사도 600포기, 1000포기, 2000포기 몇 십 명 자매님들이

복지관에 와서 김장을 하고 어려운 가정에 배달을 하였습니다.

어느날 도청에서 복지관으로 전화가 왔습니다. 푸드뱅크 음식을 어려운 가정에 도시락을 싸서 배달 봉사해달라는 전화였습니다. 그 큰 봉사는 규모가 너무 큰일이었습니다. 그러기 위해서는 더 많은 남자 형제님 인원과 차량이 필요하였습니다. 담당복지사는 어머님이 큰 봉사의 총대를 매고 해주셔야 이 봉사를 할 수 있다고 하였습니다.

시내 초, 중, 고에서 점심 먹다 남은 음식을 모아 오면 어려운 가정 250여명이 음식을 제공받을 수 있었습니다. 저는 또 광양성당 레지오 자매님, 형제님들 100여명의 도움을 받아 그 분들의 노력과 정성으로 봉사를 잘 치러낼 수가 있었습니다. 김대중, 노무현 대통령 시절 10여년은 한번도 거르지 않고 하였습니다. 하지만 이명박 정부가 들어서고 4대강 예산으로 천문학적인 돈이 들어가면서 복지 관련 예산이 줄어 들어 10여년 동안 이어지던 봉사 활동이 끊겨버리게 되었습니다. 그러던 중 이대원신부님 부탁으로 애덕의 집 정신지체장애 □□□소년 50명 아이들이 방에만 있으니 밖에서 1:1 운동도우미 봉사를 몇 년 하게 되어 그 동안 급식 봉사를 같이 하던 봉사자 몇몇과 계속 봉사 생활을 하였습니다. 그러다 제주대학병원 원목실 봉사를 시작하게 되어 올해 5년 째입니다. 지금 여기에서 교육 받고 있는 자매님, 형제님들중에도 저하고 복지관 봉사를

같이 하신 분들이 이 자리에 있습니다. 부영자 소피아, 엘리사벳 자매님, 바오로 형제, 안드레아 형제님 그 외 여러분이 있습니다. 햇수로 18년을 같이 봉사해 온 분들입니다. 대단하고 고맙고 감사하다고 말하고 싶습니다.

끝으로 원목실 봉사하면서 느낀 점은 제 나이 70에 제 체질에 맞는 봉사라고 생각된다는 것입니다. 병실 방문을 계속 했는데 카톨릭 교우 환자와 대화하고 기도 나누다 보면 냉담 교우도 많이 옆에 있고 눈이 마주치면 외인 권면도 많이 하고 있습니다. 암병동을 돌고 일반 병동도 하나 하나 돌아 보면서 용기를 내어 종교가 있습니까 없다하면 용감히 하느님 예수님 성모마리아님 설명해 드리고 영세 세례 받는 이유 교리 과정 영혼의 세계를 말씀드리면 무심코 살아온 자신이 부끄럽다고 앞으로 남은 여생 신앙을 갖겠다고 기왕이면 성당을 찾아 하느님 믿으십시오하면 웃으며 대답받고 헤어집니다. 저는 남은 삶을 원목실 봉사와 함께하고 싶습니다. 하느님 감사합니다. 기도를 하며 봉사를 계속 할 것입니다. 이태수 신부님 존경합니다.

2014년 3월 3일

*광양성당 이태수 주임신부님이 묵묵히 뒤에서 밀어 주셨기에 그 모든 봉사를 잘하게 되었습니다. 늦었지만 신부님 고맙습니다.

 이순자 율리안나 자매님! 데 꼴로레스!

주님의 부르심에 응답하여 주님과 함께 하시는 율리안나 자매님 참으로 그 곳에 잘 가셨습니다. 은총의 바다에서 주님과 함께 하시는 곳 사실은 힘드시죠? 조금만 참으세요.

본당에서 레지오 간부로 봉사자로서 열심히 활동하시는 모습이 너무나 하느님 보시기에 아름다운 모습일 것입니다.

율리안나 자매님!

3박4일 힘이 들고 어렵지만 신부님과 봉사자들이 이끄시는 데로 따라 가십시오. 그러면 하느님을 만나실 것입니다.

율리안나 자매님의 생애중에 가장 보람있는 시간이 될 수 있도록 오롯이 주님께 내어 드리십시오.

주님께서 풍성하게 채워 주실 것입니다.

저 또한 미약하나마 뒤에서 기도하겠습니다.

2003년 1월 9일 40차 강연숙 아네스

 언니 안녕하세요?

하느님께서는 언니를 뽑아 선택하시어 이시돌 목장 아름다운 곳으로 불러주셨습니다.

언니!

참으로 기쁘고 반갑습니다. 하느님을 잘 만나뵙고 오시리라 믿으면서 자그마한 선물이지만 봉사자님과 수강자매님 모두를 위해서 기도드리고 있습니다. 꾸르실료 교육에 가시기 전에 언니께서는 저에게 그렇게 말씀하셨죠. 교육 관계로 선생님과 약간의 다툼이 있었다구요. 외인이신 선생님이시기에 흔히 있을 수 있는 문제입니다.

언니의 그 말씀을 듣는 순간 제 마음은 매우 뜨거움을 느낄 수가 있었습니다. 왠지 아십니까? 그 곳에 가서 물론 느끼시겠지만 더 큰 은총 어떠한 위기와 역경에서도 극복할 수 있는 은총을 하느님께서는 그곳 아름다운 이시돌 목장에서 언니에게 주시기 위한 순간의 시련일것이라 느껴졌기 때문입니다. 선생님이 지금은 물론 외인이긴 하시지만 지금까지 언니 하시는 일에 적극 도와주셨고 불평이 없으셨으니 세례받는 일은 숙제로

남아 있지만 희망은 있는 것이 사실입니다. 그곳에서 온전히 봉헌하고 오세요.

언니! 성당에 다니면서 그저 조금 인사할 정도로 지내었는데 푸드뱅크 일로써 가까이 한지도 삼년이 되어가고 있습니다.

모든 봉사활동에 헌신적으로 하시는 언니의 모습을 보면서 참으로 마음으로 존경해왔습니다. 마음은 있지만 선뜻 나서지 못하는 사람들과 전혀 봉사에 뜻이 없었던 사람들을 불러 모으시어 언니께서는 참으로 훌륭한 일들을 많이 하고 계십니다.

시청 앞 어울림 마당에서 노숙자 음식 봉사도 그렇구요. 언니는 정말이지 열심히 살고 계십니다. 어렵고 힘든 교육이지만 언니는 잘 견디리라 믿습니다.

언니! 힘내세요. 그리고 건강한 모습으로 하느님을 잘 만나뵙고 오십시오 열매 가득한 은총주머니 가슴에 안고 오시리라 믿습니다.

2003년 1월 9일 수피아 드림

84세 익생 할아버지

목요일 중앙병원 322호실 문을 열고 보니 할아버님은 링겔주사를 맞고 있었다. 할아버님은 해맑은 웃는 얼굴로 나를 반겨 주셨다. 어저께는 성당 교우들이 방문을 왔다갔다고 자랑을 하였다. 혈육이란 아무도 없는 혼자서 외롭게 살아오신 분이다. 할아버님을 알게 된 지는 30년 전 내가 처녀 때 이웃 동네에 살았던 분이신데 결혼해서 20년이 넘어 도남동으로 집을 마련해 이사를 오고 보니 또 이웃에 살고 있어 만남이 이어진 인연이었다.

그동안 할아버님은 양로원 생활도 했었는데 워낙 깔끔하신 분이라 적응하기가 어려워 혼자서 살아가시고 있었다. 한국복지재단,

자원봉사 팀 창설하면서 입단해 여러 차례의 봉사교육도 받고 이웃에 어려운 분들과 만남을 갖게 되었는데 특히 익생 할아버님은 저의 친정 아버님 연세와 비슷해서 아버님 대하듯 자주 할아버님을 방문하게 되었다. 네살 때 아버지는 일본에 가 있어 아버지 얼굴도 모르고 같이 살아 본 기억이 없는 나는 그리움을 가슴에 묻고 살았다. 10년 전 일본에서 돌아가신 아버지 유골을 가슴에 안고 와 장례를 치러 드렸다.

할아버님은 이북에서 내려와 여대 혼자 살아오셨다. 젊었을 때는 손기술이 있어 공장생활도 했는데 가난은 면치 못했다. 우리 봉사자들이 만든 밑반찬을 갖고가 말벗도 해드리고 아프지는 않은가 체크도 해드리고 있다. 동사무실 영세민 보호도 받고 있고 복지 재단 도움으로 큰 걱정 없이 살아가고 계신다.

언제나 건강해서 밝은 미소를 잃지 않았는데 97년 봄부터는 자주 아프셔서 복지관 직원들의 도움으로 여러 차례 입원했다 퇴원했다를 반복했다. 이런저런 이야기를 나누다 보니 점심 시간이 다 되어 "다음에 또 방문하겠습니다"하고 인사하며 헤어졌다.

이 세상 사람들 딸이든 아들이든 혈육이 있었으면 몸이 아팠을 때는 더 외로움이 많을것 같았다. 저의 아버님도 멀리 일본에서 할아버님처럼 외롭게 사시다가 병원에서 돌아가셨다. 아버지에게

못다한 효를 이 할아버님께 따뜻한 정을 드리고 싶고 할아버님이 저 세상 가는 날까지 염려해 드려야겠다고 다짐한다.

1998년 1월 8일 방문일지

다음해, 요양원으로 모셔가 편안히 사시다, 삼년 후 돌아가셨다.

네번째 이야기

나의 글, 나의 시

인류의 빛 -석가모니를 읽고-

지금도 무더운 여름의 열기가 채 가시지 않았다. 흔히 사람들은 가을이 독서의 계절이라곤 하지만 나에게는 애들이 방학을 맞은 한여름에야 책을 들여다보는 습관이 생겼다. 애들에게만 책을 읽으라고 강요하기 전에 우선 나 자신부터 책을 들여다보아야 되겠다는 자책감이 앞섰는지 모른다.

햇빛이 쨍쨍 내려쬐던 어느 날, 책장에 즐비한 책 중 어느 한권을 고르려고 뒤적이다가 눈길이 닿은 것은 작년 여름에 읽었던 석가모니 활자가 다시 시선을 끌었다. 나이 40세를 바라보는 지금까지 이 책을 읽기 전에는 과연 부처님은 누구인가? 어떠한 분이신가? 그리스 신화에서 나오는 하나의 신화적인 존재인가? 실제 의심을

품은 적이 한 두 번이 아니었다.

읽고 나니 부처님은 온전한 사람이었다. 인도의 자그마한 네팔왕국의 임금님의 아들로 태어나 왕의 은총을 한 몸에 듬뿍 지닌 그였지만 모든 영화와 부귀를 마다하고 너무도 험한 고행의 길을 택했다. 싯다르타는 총명하게 자라면서 어머니가 일주일 만에 돌아가셨다는 것을 알았을 때 마음이 얼마나 괴로웠던가를 읽을 수 있었다.

예리한 판단력을 가진 싯다르타는 궁 안에서는 한 번도 구경하지 못한 광경을 목격하게 되었다. 어느 날 궁 밖에서 농부들이 땀을 흘리며 일하는 모습이며 새 한 마리가 날아와서 꿈틀거리는 벌레는 잡아 먹는 것을 보았을 때 싯다르타의 마음은 심한 충격을 받았다. 그 후 날이 갈수록 싯다르타의 마음은 '왜, 사람은 고통을 받으며 살아가고 모든 생물까지도 먹고 먹히며 살아가는지, 생과 사의 갈림이 없는 근본적인 해결책은 없는지?' 수많은 날들을 사색에 잠기곤 하였다. 먼 훗날 부처님이 되었을 때 제자들 앞에 깨우쳐 주었던 어느 한 대목이 제일 잊혀 지지 않는다. '늙어가는 사람을 미워하지 말라, 나 자신도 늙어가고 있다. 병든 이를 잘 보살펴 주어야 하느니, 나 자신도 병이 안 든다는 보장이 없다'고 하셨다.

우리 여인들은 언젠가는 기필코 부모를 모실 때가 온다. 부처님의 진리 그대로 성의를 다해서 효심을 다한다는 다짐이 강렬히

샘솟는다. 싯다르타는 여러 해 동안 망설이다 29세 때 득도를 위한 출가의 길을 택하는 순간이야말로 온 인류에게 평화를 심어주려는 기나긴 여로이기도 했다. 그토록 아끼고 길러준 부왕과 이모 그리고 10년을 같이 살아온 아내와 갓난 아들까지 두고 홀로 외롭게 산속으로 발길을 재촉하는 자태가 인상적이다. 몇 톨의 쌀알과 물 한 모금으로 연명하며 수도의 날들은 자꾸 쌓여졌다. 머리는 해골이 되어가고 뼈가 앙상한 육신이 되어서도 싯다르타의 득도에의 신념은 굽혀 지지 않았다.

옛 격언에 하늘은 스스로 돕는 자를 돕는다고 했듯이 싯다르타의 나이 35세 되던 어느 날, 별들이 온 세계를 반짝이는 밤, 보리수나무 밑에서 인간의 온갖 번뇌와 괴로움에서 해탈의 순간을 열면서부터 부처님이 되었다. 제자들 앞에서 진리를 깨우쳐 줄때 부처님 자신은 결코 신앙의 대상도 우상도 아니라고 겸손한 말씀을 힘주어 말했다.

부처님은 길에서 살고 길에서 밥을 얻어먹으며 어둡고 답답한 인간 세계에 밝은 빛을 던져주고 조용히 열반하였다. 인간은 빈손으로 왔다가 다시 빈손으로 돌아간다는 진리의 말씀. 과연 사람의 부귀영화는 뜬 구름 같은 것일까? 하고 몇 번이고 되새겨보면서 숙연한 마음 금할 길 없다. 온갖 아집과 욕망에 뒤엉켜 먼 훗날을

내다 보지 못하고 오늘에 얽매여 살아야하는 인생이 서글퍼진다.

카톨릭신자인 나이지만 정말 부처님은 정신의 양식이시자 거룩한 인류의 빛임을 다시금 느끼지 않을 수 없다.

1980년

〈울지 마 톤즈〉 영화를 보고

올 크리스마스는 화이트 크리스마스다. 며칠 전부터 펑펑 눈이 많이 내려 온 천지가 하얀 세상이다. 어제 저녁은 성탄 전야 자정 미사를 보고 왔다. 시계를 보니 1시를 가리키고 있고 남편은 영화 〈벤허〉를 보고 있었다. 나도 끝까지 보았다. 복수를 하지 말고 용서와 화해를 하라는 하느님의 사랑을 전해주는 영화였다.

이틀 전에는 남편과 같이 텔레비전에서 영화 〈울지 마 톤즈〉, 이태석 신부님이 생전에 사랑을 나누는 영화를 보았다. 신부님은 의학 공부를 졸업하고 뜻이 있어 신학 공부를 해 신학교 시절 가난한 나라에 봉사를 갔다. 아프리카 남수단이란 내전이 끊이지 않는 나라다. 세상에서 이렇게 가난한 나라도 있다는 것을 느끼고 신부님이

된 다음 자원해서 그곳에 갔다. 불쌍한 아이들을 모아 처음에는 길거리에서 교육을 시키고 나병환자 동네를 찾아가 진료를 시작했다. 신부님은 '예수님이라면 이 오지에 성당을 먼저 지을까 학교를 먼저 지을까, 아니야 예수님도 학교 교실을 먼저 지어주겠지' 하며 아이들에게 급한 것은 교육이라고 판단했다. 신부님과 가난한 동네 사람들도 발 벗고 나섰다. 맨 손으로 돌을 나르고 흙을 등에 지고 와 학교를 완성시켰다. 문맹인 아이들에게 손수 선생님이 되어 글을 가르치고 운동, 수학, 음악을 가르치며 밴드부까지 만들었다.

빈민촌이라 교육은 상상도 못했다. 이제 아이들은 희망이 있고 꿈도 이루는 활기 넘치는 수단 마을이 되어가고 있음을 신부님은 확신했다. 환한 미소를 지으며 나병 환자 촌을 돌아다니며 더 많은 환자를 만났다. 어떤 나병 환자는 발등에 피고름이 흘러내리고 있어 손수 고름을 짜내어 붕대를 감아 주었다. 나환자들은 신부님의 거룩한 손을 보며 사랑으로 사람대접해주고 병을 고쳐주는 신부님을 이 세상에서 처음으로 만났다고 동네 모든 나환자들은 눈물을 흘렸다.

신발이 없다. 너무나 가난해서 맨발로 험한 길을 다녔다. 발가락이 모두 문드러져서 몽당발이 된 나환자들에게 신부님은 세상에서 하나밖에 없는 뭉툭한 신발을 맞추어 주었다. 예수님으로 착각

할 정도로 구세주를 만나 뵙는 모습을 보면서 사랑이 있으면 못할 일이 없구나 감탄하고 또 감탄하며 감사의 눈물을 많이 흘렸다. 아이들에게는 선생님이 되고 나환자들 앞에서는 천사 같은 의사가 되어 10년 동안 동고동락을 같이 하며 살아가는 신부님의 그 모습, 사랑, 하느님의 사랑, 예수님의 사랑, 그 자체였다. 2009년 대장암 말기 선고를 받고 고향 한국에 와 일 년 동안 치료를 받다 2010년 1월에 운명하였다. 신부님은 눈을 감으면서 그 많은 식구들을 누가 돌보아 줄 것인지 슬퍼했을 것 같았다. 어느 나병환자 할머님은 안 보이는 눈으로 특히 손가락이 하나도 없는 몽당손으로 신부님의 사진을 가슴에 얹고 입맞춤을 수없이 하면서 눈물로 얼굴을 적셨다.

나와 남편을 포함해서 이 영화를 보는 사람들은 누구나 눈물을 흘렸다. 이태석 신부님이 행하신 모든 일들은 사랑이며 사랑이고 거룩하고 존경스러운 경이로움 그 자체였다. 이태석 신부님은 이 세상 모든 이에게 사랑으로 나눔의 봉사 정신을 심어 준 인류의 빛이 되었다.

2010년 12월 25일

공포의 숨바꼭질

밤마다 총성이 들린다.
어제 밤은
윗동네가 불타고
오늘밤은 지서가 타고 있다.

잠자는 나의 귀에 어머님의
작은 목소리
얘야, 일어나라
폭도들이 습격 오고 있다.

꼭꼭 숨어라 옷자락이 보일라
외할머니 집 뒤뜰, 배나무 속
숨소리 죽이며 두근거리는 공포의 밤
며칠 몇날이었던가

초등학교 가는 길엔
칼날 같은 대창이 우리 동네를 지킨다.
오륙 세 때 그날들은 잊지 않는다.

1995년 12월 13일

가을 향기

주렁주렁 달려있는 토종 감
빨갛게 익어가는 늦가을

새도 포르르 날아와
쪼아 먹는다.

직장서 돌아온 남편은
연로하신 어머님 드리려
방울방울 매만져 갸웃거리고

따뜻한 정을 나눠주는
우리 집 감나무

며칠 뒤 할머님 제사상에 올리려
빨갛게 익어가는 감을
바라본다.

2001년 늦가을

돌이와 아침

새벽 번쩍 눈을 뜨고 마당에 나가면
초롱초롱한 돌이의 눈은 생기가 난다.

동이 트기 전에 꼬리 치며
신작로를 달리는 우리의 동심

돌이도 무엇이 그리 좋은지
풀밭 위를 뒹굴고

그래, 너는 우리 집 귀염둥이
너 없으면 우리 집은 삭막해

1998년 봄, 아침운동 갔다 와서

만남

할머님, 계십니까?
대답이 없어 방문을 열었다.
할머니는 곱게 주무시고 계셨다.

부르는 소리에
할머님은 응~ 하면서 나를 쳐다보며
함빡 웃으면서 깨셨다.

이 추운데 찾아와 고맙다고
나의 손을 꼭 잡았다.

일어서지 못하고
앉아서 움직이는
세 살배기 아기와 같으신
외로운 할머님

1993년 일기중

할머님의 눈물

햇볕이 따스한 봄날
할머님은 마당 빨랫줄에
이불을 말리고 있었다.

며칠 있다 양노원에 입소할건데
없는 이에게 나눠주라는 고운 마음

그릇이랑 단지도 알아서 나눠줘

몇 십 년을 애지중지 닦으시던
손때 묻은 물건들

제비도 자기둥지가 있는데
나 한 몸 거처할 곳이 없어
남의 신세만 지다니

흘리시는 눈물 바라보며
할머님 손을 꼭 잡았다.

1995년 3월 15일 일기

보릿고개

옛날이야기가 되어버린
나 어릴 적 허기진 배는 꼬르륵

하늘이여!
하염없이 내리는 싸락눈이
쌀로 변해 주었으면

밀채밥 먹고 해초밥 먹던
유년의 보릿고개를 생각해본다.

밥순갈 덜기위해
서울로
부산으로
식모살이 떠나보내는
이별의 순간들

허리띠 졸라묶고
노력의 댓가인지
배고픔은 옛말

1996년 1월 12일

할머님은 외로워

늙어가는 모습이 초라해
나는 할머님을 벗으로 손자가 된다.

어느 할머님은 혈육이 하나 없어
늘 외로워 말벗이 되어 드리고

어느 할머님은 아들이 앞서가
화덩이가 목까지 꽉 차오른다고

젊은 며느리가 불쌍해
너무 불쌍해
할머님은 빨리 아들 곁으로 가야할건데

눈물을 흘린다.

언젠가 나의 자화상이
외로운 할머님이 될 수도 있다.

1998년 4월 봉사활동 일기

딩동댕 부부

딩동댕 대문 벨이 울렸다. 부엌일을 하다 말고 얼른 마당으로 뛰어나가 문을 열었다. 몇 달 전에 벨이 고장나서 자동으로 안 열려서 손수 문을 열어야 열린다. 몇 번 수리를 해 보았지만 오랜만에 만난 부부는 반가운 웃음으로 나의 손을 잡으며 말을 꺼냈다. 빛이 바랜 가구나 흠집이 나 있는 제사상이 있으면 반짝 반짝 빛이 나게 옻칠을 해 드리겠다고. 마침 남편이 목욕을 간 사이 기회는 좋았다. 고맙지만 사람은 늙어 가는데 가구는 때깔내서 뭐하느냐 칠순 나이에 그냥 저냥 살아가겠습니다 웃으며 말을 했다.

부부는 묵은 가구에 옻칠을 해 새 가구처럼 수리해 주면서 살아가는 기능자다. 한때는 번듯하게 큰 가구점을 운영해서 사장님 소

리도 들으면서 잘 살았다고 했다. 큰 욕심이 화를 불렀다. 아파트 건설하는 사장을 알게 되어 같이 동업을 하다 보니 부도를 맞게 되었다. 그 후 가난의 연속이었다고, 입에 풀칠은 해야 되고, 손에 잡은 것은 없고, 하는 수 없이 발품을 팔며 딩동댕 벨을 눌러 일감을 찾아 나선다고 했다. 처음 만난 인연은 20년 전 길거리 지나다 오늘처럼 딩동댕 문 열리고 만났다. 몇 년 전에도 빛바랜 부엌 찬장을 새 것처럼 옻칠을 해주었다. 들어오라는 말도 안 했는데 막무가내로 현관문을 열고 거실로 들어왔다. 부인은 일감이 많이 있을 거라고 말을 했다. 웃음이 저절로 나왔다.

일 년이 다르고 한 달이 다르게 늙어가는 나의 모습과 같이 변해가는 그릇과 빛바랜 가구들, 그동안에 정이 들어서인지 어느 하나도 버리지 못하고 있다. 일 년에 다섯 번 지내는 제사상도 틈새가 군데군데 벗겨져 있어 작은 찻상부터 4인상, 8인상 내어 놓아 보니 4개의 제사상이 모두 나왔다. 부부는 이러니 오늘 이 집에 오고 싶더라고 횡재 만났다고 깔깔 웃었다. 한 시간 만에 뒤틀린 상다리도 바로 고쳐놓고 흠집이 있는 데는 홈을 메워 반짝 반짝 윤기가 나게 칠을 해 놓았다. 감상을 해보니 아주 상쾌했다.

자손이 차려 놓은 제사상을 받고 조상님 모두도 흐뭇하리라 상상하며 입가에 미소가 돌았다. 일을 끝낸 부부는 안방에 있는 이불

장도 너무 색깔이 바래졌다고 새로 칠해 놓으라 나의 마음을 또 흔들어 놓는다. 40년 전 결혼할 때 장만했으니 색깔 없는 무광택으로 바래졌다. 새것 같이 만들어 놓겠다하니 귀가 솔깃했다. 부인의 눈은 몇 초만에 색 바랜 가구를 찾아내는가보다. 칠십 넘은 남편이 요즘 건강이 안 좋아진다고 일하는데 내일 일도 모르니 마지막 일인가 생각하며 일감을 찾아 체면도 없이 오늘처럼 딩동댕 벨을 누른다고 했다. 작년에 뇌졸증으로 쓰러져서 병원에 입원했었다고 말소리도 또렷하지 못했다. 모두 지불할 돈이 얼마 되는지 물어보았다. 십만원이라고 계획이 없던 일인데 마음이 주춤했다. 기왕 시작했으니까 다음달 생활비 절약해야 되겠구나. 30분 후 반짝반짝 광택나는 새 가구로 만들어 놓았다.

칠을 끝낼 무렵 목욕 갔던 남편이 돌아왔다. 거실에는 제사상이 모두 나와 있고 안방 가구를 보았다. 욕을 먹을지 칭찬을 들을지 나의 마음이 궁금했다. 온 집안은 옻칠 냄새로 기분도 안 좋았다. 남편이 하는 말, 이불 장 옷장 칠은 하지 말았어야 좋을 건데 의논없이 해 놓았다고 꾸지람을 들었다.

몇십 년의 추억이 깃든 광택이 없는 고가구의 멋이 있었는데 앗차 실수했구나 반짝거리는 빛깔도 좋지만 애지중지 닦으며 손 때 묻은 그 자체의 무채책이 색감이 있었는데 경솔한 나의 판단을

후회해 본들 이미 사라져 버렸다. 남편에게 그렇지만 반짝반짝 빛나는 새 것 같은 제사상을 머지않아 며느리 앞에 물려주어도 되겠구나 마음이 놓인다.

며칠 있으면 시어머님 제삿날이 돌아오는데 예쁜 상에 음식을 차려 놓으면 어머님 기분도 좋을 것 같다. 오늘도 부부는 일감을 찾아 딩동댕 벨을 울리며 다니고 있겠지. 생활 형편은 나아졌는지 오늘도 부인의 웃는 얼굴을 그려본다.

2013년 7월 17일

텃밭

집 몇 채 없는 동네로 이사 온 지 25년이 되었다. 그 당시는 허허벌판 바람 부는 날이면 황금빛 물결치는 보리밭 향기가 가득한 농촌 풍경이 있는 동네였다. 큰딸, 작은딸 여고 시절 밤길이 위험해 저녁이 되면 20분 거리를 매일 마중 가서 데려와야 했다. 3년 쯤 되니 여기저기서 땅 파는 포크 레인 소리가 요란했다. 시청에서 구획정리가 끝나서인지 아파트가 금세 착공되고 집을 짓느라고 조용했던 동네가 사람 사는 마을로 변해 여기저기서 시끌벅적 했다. 그렇지만 지금도 주위에 분양만 받아놓고 빈터로 남아있는 땅이 많이 보였다.

몇 년 전 가까운 거리에 큰 건물 정무합동청사가 세워졌고 자연

스레 주위에는 공원도 만들어졌다. 우리 부부는 칠순 나이에 꼭 맞는 걷기 운동으로 저녁을 먹은 후 한 시간 정도를 걷고 공원 운동 시설에서 가벼운 운동을 한 후 의자에 앉는다.

서쪽 붉게 물들은 저녁노을을 바라보면서 "칠순 나이에 맞는 풍경이구나"하며 후세의 세상을 상상하며 "항상 깨어 준비하고 있으랴~" 언제 어디서나 끝과 시작이 온다는 성경말씀을 되짚어 생각해본다. 남은 세월동안 건강한 몸으로 살아야 한다고. 왜냐하면 자식들에게 병든 부모의 모습을 보이고 싶지는 않아서 하루도 빠지지 않고 운동을 다녀온다.

늘 아쉬움이 들었다. 빈 텃밭 옆에는 자그마한 24시간 마트가 운영되고 있어 하루는 용기 내어 운동을 다녀오는 길에 마트 사장님을 만났다. 혹시 옆 텃밭 주인을 알고 있는지 물어보았다. 얼굴은 아는데 사는 집도 전화도 모른다고 왜 묻느냐 나는 잡초를 깨끗이 뽑아 정리해서 야채 심어 먹었으면 해서 상의한다 했더니 20년 이상 놀고 있는 땅이니 주위도 정리하고 그렇게 했으면 좋겠다는 것이다. 주인이 나타나 집을 짓는다면 그날부터 손때겠다고 그럴 요량으로 말씀드렸다. 작년 9월 달이라 햇빛이 쨍쨍 내려 쬐지만 더운 줄도 모르고 패랭이 모자 쓰고 호미와 낫으로 개간을 시작했다. 열흘 쯤 되는 날 아주 깨끗한 텃밭이 10평쯤 완성됐다. 마트 사장님도

주위가 깨끗해 졌다며 좋아했다.

여러 가지 야채 묘종 씨앗을 구하려고 오일장에 버스를 타고 갔다. 장터마당은 아주 크다. 오만가지 만물상들 농수산물 옷가게 맛있는 음식식당 특히 손수 심은 여러 종류의 야채를 갖고 나온 할머님들도 많았다. 푸짐하게 덤으로 주는 야채 몇 가지 사서 양손에 드니 공짜로 받은 것 같아 주고받는 오일장의 정겨운 인심에 행복을 느꼈다. 물건 값을 물어보니 모두가 싸보였다. "아차 모종씨 사는 것도 잊을 뻔 했네." 주목적이였던 모종가게를 어렵게 발견하고 다섯 가지 씨를 사면서 직접 심은 걸로 나물된장국, 동초나물 외 몇 가지 야채로 샐러드 무치고 식탁에 차리면 맛있고 화려한 밥상이 되겠구나 행복한 생각과 눈에서 그림이 그려졌다.

계획대로 씨 뿌리고 며칠 있으니 파란 싹들이 올라와 신기하게 보였다. 더운 여름이 끝나지 않아서 땅속이 따뜻해서 그런지 하루가 다르게 뒷날 가보면 떡잎들이 무럭무럭 자라 올라왔다. "야채들 영양 공급을 위해 화학 비료가 아닌 무공해로 키워야 되겠구나!" 생각이 들었다. 기름 짜고 남은 찌꺼기 깻묵을 사러 참깨 기름 짜는 시장으로 가 5천원 어치 10kg 받아왔다. 5cm쯤 자란 야채 밑으로 깻묵을 솔솔 뿌려놓았다. 적당히 비가 내려주어서 "하느님 감사합니다" 익숙한 농사꾼이 아닌데도 자연의 법칙으로 잘 자라 주는

야채들을 보고 싶어 매일 텃밭으로 발길이 옮겨간다. 군데군데 나오는 잡풀을 뽑아주며 마음속으로는 말을 건넸다. 나쁜 잡초들을 뽑다 보면 두어 시간을 시간가는 줄 모르게 날이 어두워질 무렵 집으로 돌아온다. 근대나물 된장국 몇 가지 나물, 야채샐러드 먹다 남아 친구들에게도 나눠줬다.

하루는 큰 길가 옆이라 지나가던 젊은 아기 엄마가 말을 걸어와 고개를 들었다. 여러 가지 야채를 잘 가꾸고 있다고 칭찬을 한다. 이것은 뭐고 저것은 무슨 이름을 가진 야채다. 오래된 농사꾼이니 대 여섯 가지 모두 이름을 말해주었다. 이 젊은이가 야채 자라는 것에 신경을 써 주는 것을 보니 "내가 텃밭에 야채심어 먹었으면 해서 시작할 때의 심정과 똑같은 애정이 있는 젊은이구나" 생각하며 종류대로 뜯어 한아름 가슴에 안겨주었다. 서투른 텃밭 농사지만 깻묵 찌꺼기 덕분인지 무공해로 풍성한 보기 좋은 파란 야채밭이 되었다. 몇 가지 야채 텃밭 가꾸는 쏠쏠한 재미와 행복함 우리 부부는 매일 케일 잎으로 생녹즙을 짜먹어서 건강도 지켜준다.

어느 날 식품 강의를 들으니 어떤 암환자도 하루에 세 잔 이상 먹는 녹즙은 최고의 건강지킴이라고 들었다. 6월초 요즘에는 모종씨 받을 때가 되었다. 씨를 받아 여러 사람들에게 나눠주고 싶다.

마늘씨는 벌써 잘 말라 9월말 가을 파종을 기다린다. 근대. 쑥갓, 동초, 케일, 배추 묘종 나물 씨를 신문지에 싸 종류별로 이름을 써 붙여 놓았다. 추석을 넘으면 또 종류별로 씨를 뿌려야 된다고 메모를 했다. 누구든지 어렵지 않다. 한 번도 못 해본 사람도 된다. 주위에 빈 텃밭이 보이면 무공해 유기공 야채를 키워 식구의 건강도 지키고 식탁의 입맛을 돋우는 행복을 가졌으면 좋겠다.

2014년 6월

아름다운 한 주일

칠순이 가까워지는 요즘 월 화 수 목 금 토 일, 내 생에 가장 바쁘고 행복한 날들의 연속이다. 화요일 오늘은 문화원에서 실버합창단 합창 연습하는 날이다. 아침밥을 준비하면서 선생님이 가르쳐준대로 입술을 이쁜 모양으로 벌려 아, 에, 이, 오, 우를 몇 번 연습해 보았다. 가곡 동그라미 그리려다 무심코 그린 얼굴 노래를 흥이 나게 부르며 기분 좋은 아침을 시작한다.

3월 초 제주문화원 교육프로그램 중 문예 창작반 교육을 받고 싶어 신청하러 갔다. 여직원이 하는 말, "어머니 올해 처음으로 시작하는 실버 합창단 노래 연습 교육을 받아 시간 가는 줄 모르게 노년에 즐거운 삶을 살았으면 합니다." 이 나이에 합창단 특히 가곡 노래를

어떻게 부르나 의구심을 가졌지만 용기를 내어 신청서를 냈다.

화요일 오후는 어떠한 약속도 하지 않고 실버 합창 연습하는 날로 못을 박았다. 60세에서 75세 어르신들은 이쁘게 화장하고 고운 옷을 입고 문화원 교실로 모여든다. 시간 맞추어 나온 멋쟁이 선생님 하는 말, "누님 같으신 실버 합창단 여러 어르신들은 제가 성의를 다해 가르쳐 드리겠습니다. 결석만 하지 않으면 잘 할 수 있는 수준까지 올려 놓겠습니다." 육십 여 명 우리 모두는 함박웃음으로 "고맙습니다." 대답하며 교실이 떠나갈 정도로 웃음바다를 이루었다.

선생님은 대학에서 성악공부를 전공하고 이태리 유학 갔다 오신 유명한 교수님이다. 그동안 4개월이 어느새 지나고 5개월 째 들었다. 가곡 20여곡 이상 배웠고 노래하자 〈씽 레카토〉 부드럽게 노래를 시작한다. 폐 호흡 조절법을 가르쳐주며 "입술 모양을 이쁘게 해 벌려야 보기도 좋습니다." 늘 시작하면서 복식 호흡도 자주 연습한다. 실버 학생들을 가르쳐 주노라면 선생님 고생이 존경스럽게 보인다. 모두 늙었어도 용기를 내어 시작하면 된다는 것을 실감하며 합창 연습하는 날이 기다려 진다고 한다.

나 또한 일주일, 하루도 헛되이 지내는 날이 없다. 70 넘기 전에 배울 것은 배워야 좋을 것 같아 월요일 수요일은 복지관에서 컴퓨

터를 배우기 시작했다. 인터넷 검색도 배워 이리보고 저리보고 요리에 취미가 있어 요리 교실도 가끔 검색해서 맛있는 음식도 해먹는다. 한글 2007도 들어가 한글 자판기 연습도 하고 시간 가는 줄 모르게 푹 빠질 때도 있다.

목요일은 일주일 중 가장 바쁜 날이다. 오전 병원 원목실 도착, 일곱 명 봉사자들과 9시 봉사를 시작한다. 거즈 접기 한 시간 하고 나면 두 명이 한 조가 되어 병실 방문을 한다. 카톨릭 환자 중심 그 중에는 암병동 환자님들도 만나 위로의 대화 희망이 있는 말 한마디 기도로 끝마침을 하고 다음 만나 뵐 약속도 잊지 않는다. 1시 까지 집에 돌아와 몇 년 째 워드 작업으로 책을 쓰는 남편 점심을 맛있게 준비해 먹게 한다.

365일 부인이 차려주지 않으면 점심을 아예 안 먹는 성품이다. 배가 고프지 않느냐 물으면 글쓰다 보면 배고픈 줄 모른다고 정말로 학자 중에 학자구나 마음으로부터 존경스러울 때가 있다. 오후에는 문화원 문예 창작 교육 갔다 집에 오면 6시, 남편에게 미안함을 느낀다.

금요일은 성당 레지오 회의 하는 날. 레지오란 카톨릭 신자 중에서도 적극적으로 봉사활동하는 교우를 말한다. 어려운 이를 돌보고

병원 원목실 봉사도 레지오 활동 중 한 가지다 전교활동도 레지오 회원이 많이 하게 되는 활동이다. 요즘 카톨릭 신자 수가 많이 불어나는 이유는 봉사 정신이 투철한 레지오 마리아 회가 있어 신자수가 빠르게 많이 불어 나고 있다.

토요일은 이층에 사는 작은아들과 며느리 손자와 같이 식사도 같이 하고 손자 재롱을 보며 행복을 맛본다.

일요일은 주일 미사에 참례해 한 주일 동안 일어났던 일들을 묵상하며 감사의 기도를 한다.

대다수 사람들도 일요일이 있어 온 가족이 즐거운 휴식을 취하고 다음 날 새로운 일을 활기차게 시작하는가 싶다. 요즘 나의 삶은 아름다운 저녁 노을 곱게 물들인 바다와 같이 노년에 의미있는 제 삶의 행복한 인생을 시작하는 느낌이다. 배움의 날이 기다려지고 베풀어 봉사하는 삶을 이어가고 싶어 헛되이 살지 않는구나 미소를 지어본다.

전서공파 단향제

한라산 어승생 수원지를 지나면 서쪽으로 갈라지는 평화로 길이 있다. 2백미터 쯤 더 가다보면 길가 옆 고씨 전서공파 봉령지 표지판이 눈에 들어온다. 여기에 터를 잡고 자손들이 조상님들을 모신지는 삼 년이 되었다. 남편은 여기에 파조할아버지 봉령지를 조성 후 태풍이 심하게 불거나 생각날 때는 울타리 돌담이 무너지지나 않는가 꼭 들러서 주위를 돌아본다. 비석의 의미를 모르는 나에게 큰 비석에 쓰인 비석문의 의미를 해석해 주곤 한다. 서울에서 큰아들 며느리 손자들이 내려올 때도 봉령지를 찾아가 설명하며 조상의 얼을 상기시켜준다.

2007년 세 번 째 봉령제를 지내면서 이 장소에서 총회도 하는

데 두 번째 회장으로 추대되었다. 첫 번 째는 고창실 회장님이었다. 회장을 맞고 일 년 동안 친족 큰일, 작은 일 다 돌아보는 것을 보면 참 바쁘게 살아가는구나 알 수 있었다. 남편은 네 번 째 봉령제를 기리기 위해서 1개월 전 나에게 할 일이 있다고 말했다. 회장 집에서 메밥을 준비하는 거라고 했다. 그래서 맡기면 하겠다고 대답했다. 나는 은근히 마음 속으로 걱정도 되었다. 숫자가 적은 직계 가족끼리 지내는 묘제도 아니고 자손들이 이 백 명 이상 참여하는 봉령제를 지내는 제사다. 제단에 올리는 음식 장만은 추대된 제관이 직접 장을 보고 모든 음식은 생으로 올린다고 했다. 그 중에 메밥은 회장 집에서 성심성의를 다해 지어야 된다는 회칙이었다.

밥의 종류는 수수밥 1되, 검은 차조밥 1되, 노란조(모인조) 1되, 흰 쌀밥 1되 이렇게 네 가지 밥을 지어야 한다고 또 백시루 떡 2되 분량도 해야 된다고 나는 약간의 걱정을 넘어 큰 걱정이 되었다. 날짜는 가까워 오고 있었다. 왜냐하면 살면서 수수밥, 조밥을 한 번도 해본 적이 없기 때문이다. 아이고 어떻게하나 속으로 걱정이 되어 어른 앞에 물어봐도 정확히 물맞추는 것을 말해주는 사람이 없었다. 남편은 밥하는 게 무엇이 문제냐고 간단히 말하지만 그게 아니었다. 수 십 년 해먹는 흰 쌀밥은 누워서 떡먹기다. 하지만, 수수밥, 조밥 물맞추는 일이 겁이 나서 하는 말이었다. 찰조밥, 모인조밥

은 물을 잘 못 맞추면 너무 질어서 흘러내리고 모인조는 물을 적게 넣으면 알알이 뿌려져서 흐트러져버리면 어떠나 하고 큰 조상님께 올리는 제사 밥인데 걱정이 머리에서 맴돌았다. 생각 끝에 쌀가게에 가서 각각 네 가지 곡식을 한 홉씩 사다가 연습해 밥을 지어보아야겠다고 마음먹고 사왔다.

흰쌀밥은 씻은 쌀을 1 : 1 비율로 물을 넣으면 맛있는 밥이 된다. 그러나 수수는 마른 쌀이니 1 : 1에 물을 1/2 더 넣어서 밥을 지어보았다.

산메밥은 쪄서 하라는 말을 들었다. 아무리 가스불을 세게 켜서 30분 이상 가열해도 찜통에서 밥이 익지 않았다. 안되겠다는 생각이 들어 압력솥에 부어 밥을 하다 뚜껑을 몇 번 열어보았다. 질게 되지 않을까, 되게 되는 건 아닐까, 처음 해보는 수수밥, 조밥이다보니 수수밥은 물을 더 넣어보아도 덜익은 생밥이 되었다. 흐린조는 질어 줄줄 흘리고 모인 조는 물을 두어 번 넣어서 뚜껑을 열었다. 열었다 지으니 맛있는 밥이 될 리가 없다. 첫 번 째 연습은 실패, 실패의 원인을 생각해 보니 답이 나왔다. 질어 흘러내린 차조는 물을 적게 잡고 모인 조는 물을 더 넣고, 수수도 많은 물이 들어간다는 원리를 판단해 두 번 째 쌀을 사다 또 다시 시도했더니 80% 정도는 밥이 되었다.

언제나 개천절날, 10월 3일은 제를 올리는 날이다. 10월2일 저녁 처음으로 우리 집에서 차리는 메밥인데 수수쌀은 씻고 압력 솥에 물을 맞추고 잠을 자려니 뜬 눈으로 깜박깜박 세시에 일어나 하느님께 오늘 처음 큰 조상님 봉령제에 젯밥을 지으려하니 맛있게 해 주십사 기도를 드렸다. 쎈불에서 중간불 천천히 1시간 뜸들여 뚜껑을 열어 보았다. 이게 웬일인가. 수수가 촉촉하고 윤기가 반들반들 맛있는 밥이 되었다. 식지 말라고 스티로폼 박스에 담고 차조, 모인조, 신고 해냈다. 흐린조가 덜익은 밥이 될 것 같아서 물을 한 사발 끓여 넣어 한참 뜸들여 뚜껑을 열고보니 딱 물맞게 되었다. 네 가지 밥은 맛있는 메밥이 되었다.

대성공. 시간을 보니 새벽 여섯 시를 가리키고 있었다. 하느님 감사합니다. 저절로 중얼거렸다. 남편 앞에 당당히 메밥 잘되었다고 자랑도 했다. 7시에 시루떡도 배달되었다. 8시 반 괸당님 단단한 지프차가 대문 밖 우리부부와 준비한 물품을 실으러 왔다. 두분 괸당님과 넷이서 차를 타고가면서 오늘은 약간의 구름이 있어 햇빛이 따갑지도 않고 제 지내는데 자손들이 즐거운 날이 되겠습니다. 덕담들을 하면서 봉령지에 닿았다. 몇 괸당님들은 벌써 도착해 있었다. 9시 반 여자 괸당님들이 오기 시작했고 여자들이 앉을 자리도 따로 마련되어 있었다. 천막 속으로 물품들을 들여놓고 나이 많은

어른에게 봉령제 올릴 밥을 담을 것을 부탁드렸다. 밥그릇 모양이 특별했다. 빛나는 놋그릇 사각형 모양에 밥 1되를 담으니 무거웠다. 밥을 뜨는 친족님은 메밥 짓는데 굉장히 어려웠을 것이라고 했다. 메밥을 담으면서 아이고 메밥을 물맞게 잘지었다고 칭찬을 몇 번이나 해주었다. 수고했다고 몇 친족님들도 격려를 해주었다.

자주 있는 일이 아니라 일 년에 한 번 봉령제를 올리는 일에 부족한 저에게 이런 기회를 주신 조상님들께 감사합니다, 머리를 숙였다.

2008년 10월 4일

실버프로그램 교육 참여

2008년 3월 나는 영락사회복지관 실버 프로그램 교육에 참여하려고 몇 가지 교육 신청을 했다. 노래교실, 에어로빅, 레크레이션 지도자 교육까지 참여해 하루시간이 어떻게 지나가는 줄도 모르게 즐겁게 열심히 다녔다. 그러던 중 4월 3일 '이렇게 살아왔수다' 교육 프로그램도 시작한다고 복지관 선생님이 알려주었다. 처음 듣는 단어라 생소하게 느꼈지만 참여해 배워보면 알겠지 하고 신청서를 냈다. 4월 3일 개강시간이 되어 낯선 육·칠십 이상 되신 어른 학생들과 손자 손녀같이 고운 인상을 주는 여러 선생님들이 문화포럼 주관 '이렇게 살아왔수다' 교육이라는 소개를 듣고 어색했던 사이는 환한 웃음으로 변했고 레크리에이션 시간으로 더욱 흥이 났다.

첫날 선생님은 앞으로 진행할 프로그램시간과 내용을 자세히 설명해주고 어렵게 생각하지 말고 부담 느끼지 말라며 지난해 수업 내용을 영상으로 보여주었다. "이 세상에 나와서 평생 많은 일들을 겪어 오면서 웃고, 울고, 가슴 아프고, 보람 있는 일들 많이 있을 겁니다. 한세상 살면서 이렇게 살아 온 이야기들을 묻혀버리지 말고 글로 써 자서전이라는 책을 만드는 교육 프로그램입니다"라고 설명해 주었다. 이 늙은 나이에 지나간 추억과 옛 일들을 어떻게 회상하면서 글로 써나갈 것인지 의문스러웠다.

두 번째 시간은 물렁한 색점토로 각자의 마음에 좋아하는 동·식물을 상상해 자기의 이름표를 만들었다. 선생님들이 지도를 잘해주어서 나는 자유롭게 날아다니는 새가 좋아서 새를 만들어 나의 이름을 써 놓아 이름표를 만들어 가슴에 달았다.

셋째 날은 글쓰기 시간이었다. 어린 시절을 생각하며 연대별로 글쓰기를 시작하자고 선생님이 설명하셨다. 처음에 나의 마음은 담담했지만 선생님이 '부모님'하면 떠오르는 단어와 부모님 관련 질문들 그리고 고향에 대한 이야기를 시작하자 어린 시절을 더듬어 회상하면서 닫혔던 나의 마음을 열게 해주었다. 나는 세상에 태어나 5세 때부터 기억이 되살아났다.

5세 때 4·3사건을 맞아 밤마다 어머님의 작은 목소리로 "얘야, 일어나라." 속삭이던 소리와 매일 밤 숨으러 다녔던 일이 생각나면서 가난했던 초등학교시절, 초가교실, 자갈위에 앉아 공부했던 일, 책도 다 사지 못해 옆 짝의 책을 같이 보며 다녔던 중학교 시절. 공부를 더하려고, 꿈에 그리던 아버지를 만나려고 밀항선을 타 현해탄을 건너가다 우리 경비정에 잡혀 마산 형무소 생활을 하고 몇 년 후 좋은 남편을 만나 결혼해 2남 2녀를 낳고 40년 바쁜 나날 두 어머님 모시고 행복하게 살다보니 이제 내 나이 65세까지 살아온 이야기들이 주마등같이 생각이 나서 글로 쓰기가 어렵지 않았다.

그동안 선생님들의 지도는 여러 번 번갈아가며 맡았다. 중간 중간 추억의 비눗방울 그림그리기 시간도 있었고, 4·3평화기행으로 너분숭이 4·3위령성지를 찾아 소설가 현기영 선생님이 쓰신 실화 '순이 삼촌'이 새겨진 문학비도 견학해 설명을 들으면서 내 나이 5세 때 폭도를 피하려 숨으러 다녔던 4·3사건을 실감나게 생각하는 날이었다.

두 번째 문화기행으로 해녀박물관을 돌아보며 우리 옛 제주여인들의 강인함, 억셈, 매운 정신으로 투쟁했던 일. 물속에서 잠수 일을 하며 집안 생계를 꾸려왔고 자녀교육을 시켰으니 지금의 풍요로운 제주가 있었다고 생각이 들었다.

어른학생 중에는 90세 이상 된 걸음걸이가 불편한 분도 있었지만 휠체어로 봉사까지 맡아주신 선생님들과 점심을 맛있게 준비해 주신 선생님들께 우리는 풀밭에 둘러 앉아 "애쓰셨습니다. 고맙습니다." 서로 인사를 나누며 맛있게 점심을 먹었다.

식사 후 집에 돌아오기가 섭섭한지 각자 장기 자랑하자고 이구동성.

어르신 중에는 초등학교 정년퇴임하신 여선생님 할머님도 있어 사회를 보고 지도 선생님이 보충사회를 보며 옛날 좀녀 일을 재현해보는 장기도 보여주고, 어느 할머니 학생은 농사일 할 때 했던 노동요를 부르며 한바탕 축제 한마당이 되어 모두가 참여해 춤을 추면서 지나온 날들을 '이렇게 살아 왓수다'라고 보여주는 날이었다.

글쓰기, 미술, 문화기행 등 즐겁게 시간들을 보내다보니 벌써 7월말이 되어 전반기는 끝이 나고 8월 달은 더워서 방학을 했다. 9월달 다시 만남을 갖고 후반기는 살아온 일들을 회상하면서 지도 선생님 지시에 따라 학생 할머님들은 연극에 모두를 참여시켜 연습에 들어갔다. 나는 팔십 된 어른들 하는 연극연습을 보면서 각본이 따로 있어 머리 아프게 외울 필요가 없었다는 걸 느꼈다. 학생들의 순수한 제주도 사투리로 척척 젊은 선생님이 사투리로 말 한마디, 한마디 재현해 주시면 할머님들은 문제없다는 듯이 앞서 더 많이

말을 해서 옆에서 바라보는 우리들은 모두가 폭소가 터진다. 12월 초에 '이렇게 살아왔수다' 발표회를 가질 예정이니 11월 말까지는 열심히 결석하지 말고 연습하자고 서로 격려를 하면서 헤어졌다. 4월 초 처음 시작할 때 어색했던 그 얼굴들은 사라지고 지금은 아주 가까운 벗이 되어 일주일에 한번 만나는 시간이 빨리 왔으면 기다려진다.

우리 늙은이 학생들 '이렇게 살아왔수다' 자서전 쓰는데 마음을 열게 해주어 지나온 나날들을 글로 써서 생에 남기게 해주셨고 많은 프로그램을 개발하여 이 늙은이를 행복한 마음으로 살아가게 해주신 선생님들께 감사하고 생활의 일부가 되어버린 '이렇게 살아왔수다'를 기다리며 오늘도 즐겁게 산다.

2008년

웃음이 피어나는 교실

오후 4시 시작하는 실버합창단 교실은 30분 전부터 한 사람 두 사람 웃는 얼굴로 인사하며 모여들기 시작한다. 일 주일 동안 저마다 집에서 일어났던 이야기로 웃음꽃을 피운다. 특히 멋쟁이 지도 교수님이 나타나면 모두 박수로 맞이하는 모습도 선생님에 대한 예의로 보기가 좋고 교수님도 즐거운 웃는 얼굴로 시작한다.

60여분 실버 학생들은 2년 동안 매주 화요일 만나서 그런지 따뜻한 정이 들어 연습하는 날이 기다려진다고 한다. 교수님은 이 년 전 시작할 때와 똑같이 언제나 열성을 다해 가르쳐 주신다. 복식호흡도 가르치고 싱레카토, 노래하자, 부드럽게, 시냇물 흐르듯이, 노래하자, 아… 오… 부드럽게도 시작한다.

이쁜 입모양으로 벌리고 하는 모습이 보기도 좋습니다. 손거울도 갖고와서 가끔 자기 입모습도 보았으면 합니다.

그동안 가곡 30 여곡과 합창곡 여러 곡을 배워 익혔다. 이년 전이 생각난다. 70 전후된 학생들은 이 나이에 될까? 가곡에 대한 배움이 두려움이 많았다.

교수님이 말씀하시길 결석만 하지 말고 꾸준히 나오면 잘 할 수 있게 가르쳐 드리겠습니다. 약속은 지켜졌다. 실버합창단 전 식구들은 꾸준히 잘 다녔고, 지금은 가곡집에서 배운 노래라면 잘 할 수 있는 자부심도 가졌다. 문화원 주최 용연선상 음악연합 합창제에도 선을 보였고 해변공연장 예술제에서도 발표회를 가졌다. 어떤 장소에 초청을 받아도 당당하게 고운 화음으로 목소리를 낼 것 같다.

실버 학생들이 품위 있는 가곡을 부를 수 있도록 그동안 애써 주신 교수님과 문화원 특히 현태용 사무국장님 직원 강미영 선생님, 여러모로 이끌어주어 우리 모두는 고맙습니다. 행복합니다. 감사합니다.

한라산 단풍

10년 전 11월 초 어느 날 남편과 같이 한라산 단풍 구경을 하고 싶어 나섰다. 산천단을 지나 관음사 가는 방향 길을 차로 달리다 보면 길 양쪽에 억새꽃이 바람 따라 너울거리는 모습이 하얀 파도 물결을 보는 느낌이었고 우리 부부를 반기는 기분이었다. 어느 사이 어승생 수원지를 지나 어리목 가는 길 양쪽 숲들은 단풍 색으로 곱게 물들어 있어 나는 눈동자를 크게 뜨고 황홀한 마음으로 감상을 하면서 어승악 길목 입구를 지나 몇 미터 더 가면 작은 다리가 놓여 있고 다리 밑에는 동서로 큰 내가 있는데 그 냇길 따라 양쪽 숲의 나뭇잎은 꽃물결 파도와 같고 불바다를 연출해 내고 있었다.

각기 다른 나뭇잎들은 너무나 의기 당당하게 저마다 곱디 고운 색시로 변해 자태를 뽐내고 있는 모습들, 그 순간 나는 단풍색깔에 매료되어 꼼짝 안하고 다리 난간을 잡고 산위와 아래로 단풍구경을 했다. 한참 후 차를 타고 1100고지를 향해 달렸고 붉은 물감을 뿌려놓은 한라산을 보며 1100고지 휴게소에 닿았다. 차에서 내려 한라산 봉우리 쪽을 보니 총천연색 색깔로 물들어 있어 불바다를 보는 마음이었다.

야! 오늘 한라산에 잘 왔다.

울긋불긋 단풍을 보면서 이렇게 아름다울 수가 감탄 또 감탄하며 어린아이처럼 함성을 지르며 남편에게 또다시 꼭 단풍 보러오자고 약속을 하며 내려오노라니 행복이 따로 없었다.

그 후 가을이면 단풍을 보려고 10년 동안 한 번도 빼놓지 않고 1100고지 그 코스를 다녀보았지만 10년 전 꽃물결 불바다와 같은 단풍을 두 번 다시 구경을 못했다.

남편은 워드 작업을 하다가 머리도 쉴 겸해서 드라이브를 했으면 해서 나는 5.16도로를 가기를 바랬다. 왜냐하면 열흘 전 1100코스는 갔다 왔는데 벌써 낙엽이 다 떨어져서 나뭇가지들만 앙상해 있었다. 5.16도로를 향해 교래리 입구를 지나 성판악 가는 길 옆 숲

사이로 고운 단풍잎들이 나무 사이사이 펼쳐있어 우리 부부의 눈과 마음을 더 한층 즐겁게 행복하게 만들어주었다.

나는 그 순간 야!!!!!!!!!!!!!!!!! 한라산 중심 서쪽 1100고지 방향은 동쪽보다 일찍 단풍잎이 사라졌다는 사실을 느꼈고 5.16도로 가는 길은 늦도록 단풍이 있다는 것을 알았다. 아무래도 서쪽은 센 해풍을 받아서 그렇구나. 집에 와 시간을 보니 두 시간 동안 즐거운 드라이브였다. 내년 가을 고운 단풍 색을 그리며 행복하고 건강한 삶이 어떤 것인지를 새삼 깨닫게 했다.

2010년 10월

나의 아름다운 삶

초판 1쇄 인쇄일	2015년 2월 9일
초판 1쇄 발행일	2015년 2월 10일
지은이	이순자
펴낸이	정구형
편집이사	김효은
책임편집	우정민
편집 / 디자인	김진솔 우정민 박재원
마케팅	정찬용 정진이
영업관리	한선희 이선건
인쇄처	경성문화사
펴낸곳	북치는마을 등록일 2006 11 02 제2007-12호 서울시 강동구 성내동 447-11 현영빌딩 2층 Tel 442-4623 Fax 442-4625 www.kookhak.co.kr kookhak2001@hanmail.net
ISBN	978-89-93047-72-1 *03800
가격	12,000원

북치는마을은 **국학자료원**과 **새미**의 자회사입니다.